Uma dor perfeita

Ricardo Lísias

Uma dor perfeita

Copyright © 2022 by Ricardo Lísias

Grafia atualizada segundo o Acordo Ortográfico da Língua Portuguesa de 1990, que entrou em vigor no Brasil em 2009.

Capa e imagem de capa
Mateus Valadares

Preparação
Leny Cordeiro

Revisão
Camila Saraiva
Thiago Passos

Dados Internacionais de Catalogação na Publicação (CIP)
(Câmara Brasileira do Livro, SP, Brasil)

> Lísias, Ricardo
>   Uma dor perfeita / Ricardo Lísias. — 1ª ed. — Rio de Janeiro : Alfaguara, 2022.
>
>   ISBN 978-85-5652-137-8
>
>   1. Ficção brasileira I. Título.

22-97507   CDD-B869.3

Índice para catálogo sistemático:
1. Ficção : Literatura brasileira   B869.3
Aline Graziele Benitez – Bibliotecária – CRB-1/3129

[2022]
Todos os direitos desta edição reservados à
EDITORA SCHWARCZ S.A.
Praça Floriano, 19, sala 3001 — Cinelândia
20031-050 — Rio de Janeiro — RJ
Telefone: (21) 3993-7510
www.companhiadasletras.com.br
www.blogdacompanhia.com.br
facebook.com/editora.alfaguara
instagram.com/editora_alfaguara
twitter.com/alfaguara_br

I
AZUL

"Quando o senhor sentiu os primeiros sintomas?"

"Não sei. Acho que a febre passou. Uma inalação não resolve?"

"Quando apareceu o primeiro sintoma?"

"Um leve mal-estar. Estou com aquela variante que não faz nada."

"Essa tosse faz tempo?"

"Só agora."

"Me mostra nesse calendário o dia do primeiro sintoma."

"Não sou idiota, doutor. Se hoje é quinta, foi na outra quinta."

"E o que exatamente o senhor, que sem dúvida não é idiota, sentiu?"

"Um leve mal-estar. Agora acho que não tenho mais nada. Obrigado."

"E o que mais?"

"Nada. Acabei de falar que não sinto nada."

Um navio acaba de atolar no canal de Suez.

"Como foi até aqui?"

"Tive febre três ou quatro vezes. Baixou. Dipirona serve, doutor. O último remédio que tomei, antes de vir para cá, foi o Tylex."

"O senhor mediu a saturação em casa?"

"Oitenta e oito. A manhã inteira."

"Na triagem também. Está oitenta e oito desde cedo mesmo?"

"Só isso, não tenho mais nada. E uma sensação estranha de um pouco de falta de ar. Só um pouco. Acho que já posso ir."

"Senhor Ricardo, não vou correr nenhum risco."

Calado, receio que essa última frase seja um aviso.

"Vou internar o senhor. Não se assuste, pois será na UTI."

"É o teu cu. O teu cu é azul. O senhor pode sair agora lá fora, mas teu cu será sempre azul."

"Responda a mais duas perguntas, por favor."

"O teu cu? É azul e abóbora, é rosa. Passou da hora."

"O senhor é fumante? Já fumou?"

Acho que um navio invadiu a areia no Egito. Santo Cristo. Não precisava.

"Responda sim ou não."

"Isso."

"Responda, por favor."

"Não."

"Tem diabetes?"

"Agora, esquece."

"Os procedimentos são rápidos."

"Caralho, vou mesmo ser internado?"

"Senhor Ricardo, o senhor ficará na UTI. Estou providenciando agora. Se quiser, avise alguém, ou então depois o hospital fará contato."

Caralho.

Quis saber que horas são, mas não consegui controlar o telefone. Subiu um feixe de notícias e eu soube do navio encalhado. Dei um salto para uma cadeira de rodas que apareceu na minha frente. Três da tarde, acho. Meu corpo se dobrou. Respirei fundo. Não deu. Tive um acesso de tosse. Tudo explode e perco o fôlego. Não me mexo. O enfermeiro acelera com a cadeira. Está nervoso? Explodo outra vez. Estou sem cor. Tem certeza? Acho que toda. E agora? Roxo, poderia ser. Tenho algo? Caralho, Ricardo, você vai para a UTI por nada? Fala, qual vai ser a próxima história? Você quer, ainda? Acredita, quero escrever. Tento falar. A raiva e a minha cara. Criei um tumulto para mim. Vai, escuto. Você repete? Não, só não esquece. Então, combinado: não esqueço. Escreve.

Mais uma vez, você perde.

De novo, eu perco.

Pouco tempo depois enfiaram um cano no meu nariz. Adiante, aprenderei o nome certo: cateter. Senti minha mochila colada à perna direita. Era para eu estar sentado. Você vai gritar, Ricardo, pois é uma cama. Cala essa boca. Anda.

Quando tive o colapso respiratório eu estava sentado em uma cadeira de rodas, no corredor do hospital. Tenho certeza absoluta. Não sei o horário. Três da tarde pode ser uma estimativa. É como se o meu pulmão tivesse feito um esforço violento para obter fôlego. Não deu muito certo.

Quero ter certeza e me ergo. Feito? Não, estou de fato deitado. O que aconteceu então, nesse meio-tempo? Se tiverem amarrado meus braços, estouro. Nossa, e com que fôlego? De novo, te ouço: de fato, não posso. Meus braços estão livres. Que máximo, vamos pensar assim? Encontro alguns fios no meu peito. Continua com o movimento lento? Não me lembro. Pronto, tenho outra crise de tos

Se ficar em silêncio e não me mexer, será mais curta.

E qual a garantia? Nem a mínima. Estou tendo um colapso respiratório. Choro um pouco. Tudo bem contar isso?

Se morro, não tem mais livro. É melhor que a gente aguarde? Você é o narrador, se quiser, fale.

Não consegui continuar imóvel e dei um grito. Como eu não tinha voz, a enfermeira se virou com calma. Ameacei o segundo berro.

"Vamos concluir sua internação. O senhor vai para o leito 90 do pronto-socorro da nossa UTI-covid. Sua aliança está em um plástico, dentro da mochila, que eu deixei aqui lacrada. Vai para o cofre junto com as suas roupas."

Estou pelado.

Um paciente encaminhado à UTI-covid acaba sem roupa.

É só isso, Ricardo?

Levam até a cueca. Visto rápido a camisola que a enfermeira me estende. Ela coloca ainda um cobertor na parte inferior do meu corpo, da cintura aos pés, que ficam protegidos. Não sou um cadáver. Ergo um pouco o pescoço e não os enxergo.

O esforço não causou outro acesso de tosse?

Não. Quando voltei a sentir o travesseiro, notei alguns eletrodos presos ao meu peito.

Agora você vai admitir que teve medo?

Os fios estavam ligados a um monitor. Só enxergo a tela se virar muito a cabeça.

Escreva: você sentiu medo?

A enfermeira já estava em pé, com minhas coisas lacradas em um plástico grosso. Consegui ver. Um dos fios acusou que, de novo, meu coração estava disparando.

Fala: qual o nome disso?

Achei que teria outro acesso de tosse.

Admite, homem.

Achei que teria outro acesso de tosse. O primeiro tinha feito estourar na minha vista uma superfície prateada hiperpolida. Dei um salto na cadeira de rodas. Até hoje não sei a hora. Iria se repetir, pois quando percebi que estou no hospital sem roupa, meu coração disparou. A cor agora só poderia ser dourada. Eu aguentaria outro colapso? Não veio nenhuma tosse. Não sinto falta de ar. A febre é muito alta. Com meu coração disparado e minha roupa lacrada junto com a mochila e a carteira, a enfermeira se vira, olha a tela do monitor e os meus olhos. Fecho-os na mesma hora. Talvez quatro da tarde.

Admita: medo e até vergonha.

"Olha, senhor Ricardo, é importante ficar calmo. Mas também é muito importante o senhor ter certeza de algo: lá fora é outra história."

Agora, escreve e chora?

"O senhor pode ter certeza de que faremos tudo o que pudermos para o senhor voltar para casa."

Há bastante tempo criei um tumulto íntimo. Ele tem trinta e cinco anos, se não for mais velho. É o tipo de conta que a gente perde com facilidade. Quando era adolescente, preenchi um caderno com as instruções de como ele deveria funcionar. Elas serviram inclusive como rascunho para uma peça que apresentei com alguns colegas no ensino médio. Se alguém quiser ter uma base (não vejo motivo para que eu pesquise um negócio desses), era na mesma época em que os telefones celulares estavam chegando ao Brasil. Disso tenho bastante certeza.

Vá para uma floresta e ande, do jeito que quiser, por algumas horas. Aí está. Só que você faz a caminhada com uma mochila cheia do que lhe der na cabeça, um bom calçado e o telefone. Garanto que você vai carregar um monte de comida. Dependendo da sua cabeça, imagino que a mochila terá até um fundo falso com sacos de bolacha. Pode ser útil, desde que você depois não tenha receio de beber água no primeiro riacho que lhe aparecer na frente. Do contrário, vai morrer de sede e o tumulto vira um suplício. Não é o plano.

Sempre fomos protegidos: você certamente terá no telefone celular um GPS. Já na semi-intensiva, daqui a um bom tempo, vou passar algumas horas pesquisando um pacote de viagem muito procurado nos Estados Unidos. Por aqui sei de algumas pessoas que também gostam desse tipo de aventura. Por um determinado valor, que pode variar conforme a dificuldade, é possível contratar um guia que leva o grupo de turistas pelas trilhas que são utilizadas pelos imigrantes que tentam entrar ilegalmente no país da Disneylândia. Não sai barato, inclusive é preciso ter cuidado e arranjar uma reserva de dinheiro para o caso de uma gangue de traficantes mexicanos acabar exigindo alguma propina. De resto, é seguro. Àquela altura pensei em fazer uma relação desse tipo de turismo com o da vacina. Agora, perdi o interesse.

O caminho de volta aparece certinho na tela do celular. No final, eu e você teremos obviamente algumas feridas. Caminhamos demais, estamos cansados e irritados com tudo o que certamente dará errado. A gente reclama, fala alto e finge que o sofrimento é enorme. Por fim, ensaia um discurso contra isso e aquilo e também agride todo mundo. Só que dormiremos em uma cama limpa e quente.

Volte para a floresta quantas vezes quiser. Lembre-se do convênio médico. Nosso tumulto sempre terá suas conveniências. Não se trata de uma fraude; de representação, certamente. Não é preciso muita coragem, apenas certa dose de cara de pau.

Meu tumulto não é caótico. Eu o criei, manipulo-o com alguma segurança aqui e ali e sei mais ou menos onde estão o rio, o limite do localizador no celular e o quanto cabe na minha mochila. Cheguei à vida adulta sabendo usá-lo bem. Aproveito-o muito nos livros que faço. Não ache, quando estivermos na floresta, que vou revelar qualquer coisa. Meu tumulto envolve inclusive certo grau de manipulação formal e segredo. Tenho experiência.

Divido apenas uma parte: procure um trecho barulhento da floresta. São os únicos atraentes. Riozinhos calmos servem para os fãs do filme *A lagoa azul*.

Não vá imaginar uma floresta verde. Não é dessas. Espero que você não tenha pensado em uma selva de seriado de televisão. Quem logo se lembrou de *Lost* deve se juntar à galera da *Lagoa azul*. Só mudou a geração.

Os seriados de mistério são piores. Tem gente que não aguenta mais os filhos em casa e exige a reabertura das escolas: eu pago caro, então é serviço essencial. A Tabata Amaral está do nosso lado! São os que precisam espairecer um pouco. Se eu falar em selva, pensarão em árvores e cobra. Logo, vão buscar um agasalho no quarto. Faz frio no mato. A gente assim não vai muito longe. Quem se perde logo jamais poderá cultivar o caos. Pode ser que haja algum medo. A partir daqui, eu nunca quis me aprofundar. Do mesmo jeito, recuso-me a ser mais claro que isso. Se não pode imaginar, esqueça.

A selva do meu tumulto não é verde. Se você disser que é de pedra, perco o controle. Nem sequer chega a ser uma floresta. Não inventei uma palavra certa para o tumulto. Está longe de ser um riozinho. A floresta jamais será muda. Só que dela, para quem não encontra melhor palavra e sabe que, apesar disso, não tem só mato, dá para controlar todos os sons.

Às vezes, não.

O meu tumulto íntimo chegou à maturidade ensaiado, estável e circunscrito. Prepotente, é ao mesmo tempo infantil e tem muito de egoísta. Você concebe algum outro tipo de aventura? Um tumulto pretensioso falha de vez em quando. Não é completamente seguro. Há mais de trinta e cinco anos, se eu não tiver perdido a conta, achei que criar um tumulto era a melhor forma de fazer um plano. Quando ele se perde, não mudo e muito menos escuto qualquer outro ruído. Quebro a cara às vezes. Outras, consigo manobrar, mas com prejuízo.

Peço desculpas ao médico que me internou e espero que ele possa ler a próxima linha:

eu estava com muito medo.

Alguém trouxe um balão de oxigênio, retirou os cateteres que me ligavam a algo atrás da maca e meu coração acelerou. Tive receio de outro acesso prateado de tosse. Tentei me erguer. Não consegui. Percebi que sentia uma forte dor muscular nas pernas, sobretudo na parte superior. Ainda não é nada. Não perco por esperar. Antes que a superfície hiperpolida tomasse de novo conta da minha vista, o balão de oxigênio foi acoplado à maca com habilidade pelo homem mudo e os caninhos voltaram a me encher de ar. Ele puxou a porta e empurrou o conjunto todo pelo corredor. A camisola me cobria. Se não fosse por ela, um lençol me garantiria alguma intimidade. Bem pouca. Meu coração disparou de novo. Daqui a algumas horas, vou notar a dificuldade para diminuir o ritmo. Demora uns vinte minutos para que meus batimentos cardíacos voltem ao normal depois de uma corrida curta e intensa. Estou na tarde de hoje correndo uma ultramaratona.

Alguns minutos depois, eu e o senhor mudo entramos em um elevador.

Na saída, o contraste. Ouço uma quantidade exagerada de sons: vozes em primeiro lugar, o telefone, alguém puxa um esparadrapo e toca bastante campainha, essas em volume mais baixo. Sempre algo irá disparar daqui por diante ao meu redor. Por dois dias, ficarei surdo. O senhor mudo diz meu nome e ouve, como resposta, o número 90. Vou atravessar esse barulho todo pelado?

O senhor mudo faz uma manobra brusca e quando abro os olhos estou entrando em um cubículo com o número 90 sobre uma cortina. Percebo que há uma reentrância na parede. Apoiando um dos pés na coluna e o outro no lado oposto, meu filho chegaria facilmente ao teto. Eu o ouviria cheio de orgulho: é o céu.

Estou no pronto-socorro da UTI-covid. São cinco cubículos de cada lado, com um corredor formado por computadores e carrinhos de enfermeiro parados por muito pouco tempo. Há uma tela maior e alguns aparelhos. O corredor se abre dos dois lados. À esquerda, uma porta de vidro leva a outro corredor, esse de fato cheio de gente, prateleiras, outros computadores e armários com isso e aquilo. Em uma das portas, a saída. À frente fica o banheiro. Como é uma UTI improvisada, teremos apenas um chuveiro e uma privada para os dez pacientes.

A saída do lado oposto leva a alguns elevadores. Toda vez que a maca com um dos contaminados sobe ou desce, os enfermeiros travam o elevador, que será higienizado. É por isso que muitas vezes o transporte demora. Por esse corredor, passam tanto os pacientes contaminados pela covid que estão melhorando e vão para uma UTI menos exigente, a semi-intensiva, quanto os que serão intubados. Do corredor com dez cubículos onde acabam de me internar, ninguém recebe alta e vai para casa. Esquece.

Meu filho não gosta de ficar no chão. Quando chega a um lugar desconhecido, olha as paredes em silêncio, faz alguns cálculos e procura reentrâncias, cantos estreitos e colunas que lhe permitam escalar. Se não der para chegar ao teto, ele tenta pelo menos o meio. Antes, obviamente pede permissão para os proprietários. Não se trata de nenhum tipo de exibicionismo: ele só quer explorar uma nova possibilidade.

Ele gosta também de subir em árvores, o que lhe exige bem menos cálculo. Já me disse, faz tempo, que adora escalar estátuas. No muro da parte de trás do condomínio, andou inúmeras vezes. Quando gritou na minha direção, avisando que iria atravessá-lo com um pé só, senti taquicardia. É bem diferente do que vivo agora: meu coração parece de outra pessoa.

Logo que o senhor mudo encaixou a cama no cubículo, pensei que meu filho chegaria ao teto com muita facilidade. No corredor do apartamento, são três pequenos saltos, apoiando os pés em cada uma das paredes, e ele espalma a mão lá em cima orgulhoso. Foi assim que gravou um vídeo para a professora, desejando que ela sarasse logo da covid. Na escola dele, todos os quatro professores se infectaram assim que permitiram a volta às aulas.

Fiz como meu filho e observei as paredes do cubículo. Não me lembro de ter olhado para o teto. O homem mudo já tinha ido embora. Uma enfermeira, cumprimentando-me, colocou seis eletrodos no meu peito (podem ter sido cinco), trocou rapidamente a saída de ar do balão para um canal atrás da maca e, num relance, fechou a cortina azul até pouco mais da metade. Por algum motivo estranho, deixei de ouvir o monte de ruídos que tomava conta do salão. O silêncio que me apareceu também era prateado. É preciso que esteja claro: uma prata muito polida.

Nas próximas quarenta e oito horas vou ter acessos constantes de febre alta e meu corpo, segundo as palavras da médica para a minha mulher, será mastigado pelo vírus. Sentirei dores muito fortes da cintura para baixo. Por enquanto, não estou vivendo nada disso. Falta algum tempo. Não vou dormir em momento algum.

Deve ser por volta de oito horas da noite do dia em que dei entrada na UTI-covid. Na madrugada de sábado para domingo, daqui a quarenta e oito horas, todos os exames acusarão enorme piora no meu estado geral.

Estarei à beira de uma falência.

Por fim, sozinho e com a cortina fechada até a metade, o oxigênio em um fluxo constante e a camisola vestida, peguei o telefone celular. A primeira coisa que devo ter feito, não tem jeito de me lembrar, é visto as horas. Depois, olhei a bateria: metade, pelo menos. Então, outro susto fez de novo meu coração disparar. Uma comichão estranha subiu pelo meu corpo, seguida por um forte calafrio. Primeiro, achei que o cobertor tinha escorregado. Tentei me concentrar para ver se não havia apertado algum botão da cama. São inúmeros. Depois, notei que estava na mesma posição. O susto me causou outra crise de tos

Essa foi mais leve, ainda que muito prateada. Algo parecia estar me enredando. Ainda antes da crise que me levará a um colapso, daqui a quarenta e oito horas, um fluxo constante de suor passará a me incomodar. Embora jamais pare, ele terá momentos muito intensos e outros em que sentirei apenas uma umidade incômoda e malcheirosa por todo o corpo. Vou tentar todo tipo de defesa, inclusive uma vedação imaginária e muito frágil, que me trará alguma ilusão. Está começando agora.

Vai, película, cobre o meu corpo inteiro, até mesmo o braço com o telefone. Prende a minha cabeça ao pescoço e não deixa o resto do corpo solto. Película, assume seu espaço e me leva, cheio de tremor, para um lugar mais seco. Não mereço?

Havia centenas de ligações, mensagens de WhatsApp, e-mails e todo tipo de recado em redes sociais, na maioria absoluta dos casos de pessoas que não conheço ou muito distantes. Não paravam de chegar.

Demorei um pouco para compreender. Ouço um ruído e me apresso para deixar o telefone no mudo. A película não me envolveu. De novo, não escuto mais nada. A película talvez tenha ficado apenas até a cintura. Logo, sentirei uma dor violentíssima nessa região do corpo. A dor se manifesta em lugares diferentes de cada um dos infectados em estado grave. Minha cabeça, por exemplo, não doeu até agora.

Localizo minha mulher no WhatsApp. Há um recado meigo e outro do meu filho. Estou confuso e, para organizar um pouco a cabeça, respiro fundo. Não consigo e a falta de ar acaba me atrapalhando a vista. Tenho receio de não falar coisa com coisa. Mesmo assim, preciso me comunicar com eles. Com medo do meu coração disparar de novo, faço uma chamada de vídeo. Um erro. Ela atende sem demora e noto algo que me causa um leve calafrio. Faço força para conter um tremor mais forte. Se tossir, tudo desmorona. Os olhos da minha mulher estão feito pedra. Meu filho aparece atrás do ombro esquerdo dela, mas não consigo focalizá-lo. Eu nunca tinha visto minha mulher com os olhos daquele jeito.

Pensei rápido e coloquei o dedo nos lábios. Não podemos fazer barulho. Na verdade, eu estava com a voz fraca e não queria que os dois percebessem. Menti dizendo que falaria baixinho. Todo instinto de preservação é ingênuo: notaram o fio de voz na mesma hora. O que está acontecendo?

Olhos de pedra não se movem. São pesados, duros e estão à espera de algo. A ambiguidade é evidente, enquanto algo pode lhes explodir a qualquer momento, eles parecem se preparar para um longo tempo de espera. Olhos de pedra talvez nunca mais saiam do chão. Por outro lado, dependendo do que aparecer na frente, derrubam um gigante. Para uma pedra, não existe garantia de nada. É o mesmo, a propósito, para quem está na frente de uma delas.

Expliquei que tudo parecia tranquilo. Um ridículo. É UTI. Não consegui ouvir a resposta. Concordei com o pescoço. Se tossir, terei feito o pior possível para a minha família. Meu filho não conseguiu falar nada. Não me lembro dos seus olhos. Ele não estava preparado para nenhum tipo de luta. Parece que à noite ele vai pensar em fazer alguns exercícios e ficar mais forte. Agora, está paralisado. Daqui a quarenta e oito horas terei um colapso. A dificuldade de comunicação chegou antes. Desligamos. Encontrei minha mãe on-line e escrevi que ela logo receberia notícias. Não vou arriscar outra chamada. Deixei também um coração. Minha irmã, que é médica, manifestava preocupação e pedia alguns dados. Não sei, respondi.

Depois, me irritei: como tanta gente descobriu que eu estava sendo internado? Algumas mensagens eram estranhíssimas, sem nenhum sentido. Duas vinham de amigos com quem convivo há muitos anos: o editor deste livro e o Leonardo.

Sempre me impressionei com o gosto musical da minha mulher. Isso marca, inclusive, a primeira carona. (Não dirijo.) Fomos juntos ao estacionamento, para sair de uma livraria e procurar um café. Como o trinco do carro estava quebrado, ela abriu por dentro a porta do passageiro. Sentei-me em cima de uma pequena pilha de CDs. Virei de lado e, sem graça, segurei-os enquanto olhava as lombadas. Eu tinha acabado de quebrar uma. Ela riu e me disse para escolher o que a gente ouviria.

Minha mulher sempre foi essa enorme coleção de música. Eu costumava achar nas coisas dela, dos cantos do carro às caixas de livros que ela trouxe quando fomos morar juntos, esses intermináveis montinhos de CDs. Obviamente, agora ela os acumula em um aplicativo que de repente ouço tocar com delicadeza em um cômodo da casa. Meu filho já se acostumou. Ele olha para mim como se quisesse dizer que, de fato, é isso mesmo: a mamãe está de novo ouvindo música. Como sempre.

Apesar do aplicativo, até hoje encontro essas pequenas pilhas de CDs. Se estiver sozinho em casa, às vezes coloco um deles no computador. Ela gosta de antologias e obras completas. De alguns artistas, tem tudo, o que demonstra seu gosto pela inteireza. Fui notando isso aos poucos: uma vez, indiquei um livro de contos e ela voltou com a reunião de todos do autor. É uma pessoa que não gosta de fragmentos.

Quando, portanto, enxerguei apenas os olhos da minha mulher, e eles eram duas pedras, percebi que ela estava começando a se defender, o que, no caso, envolvia a possibilidade de uma explosão. Para fragmentar uma pedra, é preciso energia. Não acontece de uma hora para outra. Minha mulher, portanto, estava percebendo a possibilidade de desastre, mas não iria se entregar a ele logo de cara. Quando quer ler um conto, ela compra logo as obras completas. Enquanto tento me organizar para aderir à resistência com que minha mulher está protegendo nosso filho, percebo uma película fina e transparente envolvendo minhas pernas, que estão grudadas uma à outra e lutam para não se mover. Logo, vão doer muito. A febre aumentou de novo.

O editor deste livro escreveu-me para avisar que estava quase descobrindo o que tinha acontecido comigo. Ele está tentando organizar as coisas. O Marcelo sempre me lembrou um quarto-zagueiro ou um lateral muito eficiente. Respondi explicando que havia acabado de ser internado na UTI e que não tinha informações mais seguras sobre o meu estado. "Estável", é a minha resposta.
 Não é verdade. Estou piorando. A película se aperta. Não consigo distinguir direito os ruídos que me cercam e a dor nas pernas começa a aumentar bastante. Sinto-me confuso e tenho medo de escrever até recados curtos no celular. Você se mexe e dá a impressão de ter piorado tudo. Se volta à posição antiga, é outro movimento que vai dobrar a dor. Se fico parado, começo a ter certeza de que meu corpo está sendo carcomido. É uma sensação estranha. Cheia de desespero, ao mesmo tempo traz certa possibilidade de concentração: algo vai sendo destruído aos poucos. Em algumas horas, uma ruína serviria bem como imagem aqui. Por enquanto, tudo não passa de prenúncio, por pior que eu me sinta.
 A saturação é medida através de um sensor preso à orelha. Para enxergá-la preciso me virar, o que faria com que os fios se soltassem. Tenho uma constante falta de ar e a sensação de febre só aumenta.
 Por fim, li a mensagem do meu amigo Leonardo. Ele dizia que já tinha saído de casa. E mais nada: já saí de casa. Fiquei

preocupado, pois com certeza era tarde. Só alguns dias depois entendi que ele vagou sozinho até achar um lugar silencioso. Três horas para a dor que sobe pelas minhas pernas é o tempo em que qualquer coisa pode acontecer, inclusive meu amigo Leonardo encontrar um lugar distante do resto da própria vida. É assim que a gente reza de verdade.

A dor já não me deixa perceber muita coisa. Faz uma força. É uma ideia escrota: ouça, eu perdi o controle. Mas hoje, apenas escreva. Não quero e o medo não é que aconteça de novo. Explique mais um pouco, é só um livro. Por isso, não suporto: nunca dará certo. Ou você tem outro receio? Não, vai ser perfeito. E é assim que você chama aquela dor desgraçada? Não acho melhor palavra: para os sorteados, a covid traz a dor exata. Então escreva com todas as letras: essa dor é perfeita. Não escrevo. Já está feito. Não entendo. Dane-se: sou o narrador, venço.

Alguém entrou no cubículo, explicou algo sobre a internação e eu assinei três papéis. Devem ter sido quatro. Foram dois. Obrigado. Naquela situação, não fazia nenhum sentido a tal história de jamais assinar algo sem ler. De resto, eu não entenderia nada mesmo.

Antes de colocar o telefone ao lado do meu corpo (sem encostá-lo na película, para não correr qualquer risco), descobri que um navio tinha encalhado e fechado o canal de Suez. Por um momento, senti uma enorme irritação. É essa a imagem, violentamente clichê, que iria me restar?

Agora começarão as quarenta e oito horas em que meu corpo estará à beira de um colapso.

Meu coração continua bastante acelerado. Na verdade, pela segunda vez em poucas horas ele me parece diferente: presto atenção e tenho certeza de estar ouvindo os batimentos de outra pessoa. Entre a quinta-feira à noite e a madrugada de domingo, porém, não tenho nenhuma memória auditiva. Enquanto os músculos das minhas pernas estão sendo carcomidos, não ouço coisa alguma. Por isso, o coração deve ser meu mesmo.

Penso em me separar das minhas pernas. Não é uma questão de revolta ou qualquer tipo de vergonha. Não sinto raiva do meu corpo. Acho difícil que alguém, numa hora dessas, pense que precisa mudar alguma coisa. Enfim, não é o meu caso. Começo a prever o que pode estar se aproximando e logo armo uma defesa: preciso cortar fora minhas pernas. Não vou aguentar. O problema de oferecê-las a alguém é justamente o movimento. Se me mexo, tenho a impressão de que tudo piora. De volta à posição anterior, a dor se multiplica. Para alguém levar minhas pernas, terei que explicar a película. Ela apareceu há algumas horas. Não envolve todo o meu corpo e está escorregando. Leva.

A película deixa minhas pernas unidas. Ela apareceu para ocupar o lugar da pele, que foi levada para o cofre do hospital junto com as minhas coisas. Acontece. Tem algo de defesa e muito de conservação. Acho que vi o transporte. Graças aos controles da cama, se a gente acerta o botão, fica sentado direitinho. As enfermeiras são educadas e eficientes. Quando me ouviram dizer que a dor estava ficando forte, pediram autorização. É claro, é claro, falei ansioso. Acho que enfiaram as duas pernas em um saco plástico branco junto com a minha mochila e as roupas. Agora me confundo um pouco: se estiverem mesmo lá, não tenho como doar para ninguém. Elas me serão devolvidas no dia da alta. Um detalhe não me escapou: enquanto guardavam minhas coisas, junto com as duas pernas, pediram o telefone de um "responsável". É um pequeno formulário, já impresso. Aqui uma estranheza me passa na imaginação: só minhas pernas serão conservadas no formol, ou vão colocar junto a mochila, minha carteira e as roupas? Não tem cabimento. Para saber se as pernas foram embora mesmo, belisco-me logo abaixo da cintura. Puta que pariu.

Não posso descrever a dor. Ela é perfeita. Não tem portanto a menor ligação com a linguagem. Nenhum relato dará conta de tanta exatidão. Não é só a película: o coração parece de outra pessoa e sinto vontade de que alguém aceite minhas pernas. Elas estão comigo.

Gente egoísta do caralho. Ninguém as leva. É preciso, por exemplo, acrescentar a febre ao meu anúncio. Doo minhas pernas. Passei quarenta e oito horas com a temperatura do corpo aumentando e diminuindo. Nunca deve ter ficado, no entanto, abaixo dos trinta e oito graus. Febre não dá nas pernas, idiota. Posso chamar alguém da enfermagem através de um botão que fica pendurado na cama. Daqui a alguns dias, descobrirei que de vez em quando eles aparecem muito rápido. Não é sempre e o critério é confuso.

Leva embora de uma vez.

Vou avisar a médica.

Se apertar o botão, terei me mexido. A dor vai ficar mais intensa. Ela é geométrica. Alguém por fim aparece e olha a garrafa do xixi. Deve ter perguntado há quanto tempo eu não mijava. Caguei só ontem em casa mesmo. Quando traz uma caixinha de suco e a coloca no meu colo, a enfermeira percebe que minha camisola se encharcou. O lençol deve estar pingando.

Logo, aparece outro enfermeiro. Esse vai aceitar minhas pernas, graças a Deus. Rapidamente me colocam em uma cadeira estreita. Ela fica o tempo inteiro no cubículo, ao lado da cama, com a garrafa do xixi em cima. Começo a tremer e a camisola escorrega. Filho da puta. A película desaparece. Estou tremendo tanto que agora perdi os dentes. Daqui a pouco, acabo. Meu queixo dói. Logo me estendem outra camisola. Não escuto nada por dois dias.

Depois de algum tempo sozinho, colocam alguma coisa em uma das saídas do acesso que está no meu braço direito. Soro não me servirá de nada. Se era para me trazer alívio, não levaram minha perna e ainda erraram tudo. Me arranje um serrote, homem. Quando tentarem me colocar naquela cadeira de novo, vai sobrar pernada. Acerto um por um.

Quem você acerta, ridículo, se não consegue nem mexer a perna? Grito outra vez. Não sei se houve reação. Até a madrugada de domingo, não terei memória auditiva.

O mundo inteiro aguarda a missa. O papa reza sozinho e escondido. Ele é argentino. Um padre auxiliar e dois técnicos preparam a praça. Do nada o dia cai. Não escurece. O céu está claro e o piso, verde. Meio azulado. Francisco chora: sabe o que o mundo vive. Seus olhos ardem, ele manca. Os pombos tinham voltado a cobrir o piso azul da praça. Francisco os adora, mesmo o tipo mais arisco: o que corre do milho que o papa guarda para os dias de passeio. Francisco vem devagar para a nave da igreja improvisada. A praça está deserta. É a modernidade: a live sagrada precisa começar. Francisco é católico. Mesmo assim tem ódio, então pede ao Cristo, antes da transmissão, que lhe desculpe o pecado. "Não pude ser mais forte, Senhor, sou papa, mas antes homem." A raiva some quando a praça lhe aparece, imensa, vazia e no meio da chuva. Verde azulada. Ouça. A fé ocupa todos os espaços. Seu corpo idoso, os pássaros que se abrigam por baixo da colunata, a praça, cada piso escorregadio, a guarda, os fiéis que correm para a frente da TV. Francisco para um instante. A missão lhe parece pesada: o tempo de confinamento é duro. A fé se espalha e vai da praça ao mundo. Tudo. O papa está cansado, mas sabe que chegou o momento. Gelada, a praça de São Pedro recebe esse cara. Oremos. Francisco nunca teve tanta dificuldade. O risco não está em esquecer a ave-maria ou, de olho fechado, agradecer a Deus. Seus problemas eram o passado: na frente do Cristo, lembrar-se dos generais, da favela, daquela que foi sua maior vergonha. Tudo o que podia era respirar fundo e tocar no crucifixo. "Aliso a madeira, Cristo, me deixa o perdão, seja o meu guia e leve aos homens a calma, a paciência e a fé." Caiu a noite na praça de São Pedro. "Que o homem vença o medo, Senhor", e não está ainda mais escuro porque a brasa queima, "nos faça fortes e mais amigos", e, sem ninguém, a luz da lua é inteira, "que o homem mereça a Tua mão, amém". Outra vez, Francisco diminui o passo (ele é manco). Agora em frente ao ostensório: se choro, pensa, acho que transmito outra mensagem: o Cristo perdoa mas eu sou fraco. O papa é manco por causa da bacia e do ciático. Quando sente dor, ora. Nos últimos tempos, o problema continua, mas ele o ignora. Está no meio da missão da vida. Ele reza e caminha de novo para a porta da abadia. O mundo inteiro o olha: agora não chora. A chuva está mais forte ainda na praça já escura, clara por causa da lua. A imagem é linda. Lá vem outra taquicardia. Francisco anda devagar e se sente sozinho. Tinha ido à porta, então volta e olha aquela imensidão. É a igreja, toda a sua vida e mais... Ele arqueja, agora tudo parece ainda maior. Você, que assiste, reze também pelo santo homem. Francisco ergue o pescoço: posso começar? Pergunta ao Cristo e só ele o ouve: perdoe nossos pecados. O papa então cumpre e concede o Perdão Plenário a todos os doentes, os parentes e os agentes de saúde. Se cuide e tenha o paraíso. Estamos todos perdoados. Tudo está parado, não apenas na praça: o mundo se ajoelha e recebe a graça divina. Para quem está em casa, o papa avisa:

abra a *Bíblia*, leia em voz alta, quem puder na sacada. Nós vamos vencer a doença, Francisco lembra e concede a Indulgência Plenária. Ele está triste, mas resiste. Toda família que reze do jeito que der. Francisco caminha para o lado de fora da basílica e abençoa, o mundo inteiro perdoado, erguendo o ostensório: imploro por todos. Amém.

Eu não tinha memória auditiva, mas me lembrei da missa. É uma notável obra de arte. Percebi quando me recusaram pela segunda vez o serrote: se reproduzisse na cabeça as partes da missa que lembrava, a dor dos músculos das minhas pernas sendo carcomidos diminuiria. Funcionou por duas ou três vezes, que consegui estender imaginando algumas variações para a impressionante atuação do papa, se minha memória não falha. Imensidão sempre me leva à minha mulher. Na quarta vez, senti algo latejando no meu estômago. Deixei a missa de lado e me concentrei nas cores: azul e verde, misturados. Senti a ilusão de que a imagem da praça de São Pedro, sobretudo seu luar de pintura, aliviaria a minha dor. Só que ela é perfeita. Nesse caso não existem subterfúgios. Você vai senti-la. Não é uma luta e muito menos um jogo. Ninguém foge. Os músculos da minha perna estão sendo carcomidos. Tento de novo a missa. Não vai dar certo. Como não sou páreo para a dor, insisto. Por isso (para tentar relembrar Francisco) não chamei de novo os enfermeiros. Meu corpo, sem película, escorrega. Estou ensopado.

Conheci meu amigo Leonardo na fila da matrícula para o curso de letras da Unicamp, vinte e seis anos antes de ser internado na UTI especial para a covid do Hospital São Luiz, em São Paulo. Já saí de casa. Por apenas dois dias não temos a mesma idade. Ele já tinha conhecido alguma coisa de Campinas e me explicou o sistema de transporte. Como meu ônibus parava mais ou menos perto do prédio onde, por mais algumas semanas, ele viveria, voltamos juntos. Descobrimos então que até os nove anos moramos em bairros vizinhos em São Paulo. Estou saindo de casa: depois ele foi com a família para Minas Gerais, de onde só voltou para fazer faculdade.

O Léo não se adapta ao mundo. Não sente o menor interesse. Talvez aqui e ali tenha feito algumas tentativas, possivelmente sem muito esforço. De fato vive afastado, o que sempre me pareceu atraente. Claro que jamais consegui ser como ele. Nada no Leonardo está no lugar que as pessoas esperariam. Minhas pernas foram por quarenta e oito horas carcomidas e, nesse mesmo período de tempo, senti a dor perfeita. A covid não me matou, como o leitor bem sabe desde que viu este romance na livraria.

Meu grande amigo Leonardo, padrinho de batismo do meu filho que escala paredes, mas também árvores e estátuas, já saiu de casa. Ele me avisou disso pela primeira vez por WhatsApp uma ou duas horas depois que tive, entre outros incidentes, um derrame pleural. Já saí de casa. E eu estou entrando na UTI, tive um colapso no corredor do hospital.

Uma vez cheguei meio tarde à república onde meu amigo Leonardo morou durante quase todo o curso de graduação e, como a porta estava destrancada e ninguém me respondia, entrei. Ele estava no quarto rezando. O Léo, nessas ocasiões, não se ajoelha. Ele senta no chão, junta as duas mãos e pende só um pouquinho o pescoço para a frente. Era tarde e tenho a lembrança na memória até hoje. O céu havia escurecido ainda mais por causa das nuvens. Acho que ele não me ouviu. Já saí de casa. E eu estou tendo um colapso.

Ensopado e com a febre muito alta, deixei a missa para trás e comecei a delirar. Senti com isso bastante alívio: por algum tempo, a dor que dominava o meu corpo da cintura para baixo ficaria um pouco mais distante. Película, faça sua parte, por favor.

Porra nenhuma.

Eu estava em um parque, talvez o Ibirapuera, deitado em uma rede azul e verde. Com certeza, começaria a chover. Vai chover, eu repetia olhando para o céu, sem conseguir me levantar. Vai chover. A rede não era confortável, mas o chão tinha ficado vermelho. Chão é lava, ouvi a voz de uma criança me avisando. Agradeci com um aceno. Você faria a gentileza de levar minhas pernas para o seu pai? Não ouvi nenhuma resposta.

A rede se apertara. Só a minha cabeça estava para fora. De resto, continuava pendurado. Se conferir agora, vou sentir dor. Começou a chover e meus cabelos logo se ensoparam. A película escorregou e a dor perfeita voltou com ainda mais precisão, como se isso fosse possível. Apertei o botão e chamei a enfermeira.

"Me deixa aqui deitado."

"Mas o senhor me chamou."

"Para me deixar aqui deitado."

"O senhor não pode ficar todo molhado."

Deram-me um remédio e de novo me puseram na cadeira. Dessa vez, esqueceram a garrafa do xixi. Fiquei sentado por cima dela, tremendo sem parar. Como já não tinha nenhum dente, agora foram as minhas gengivas que se dissolveram. Até amanhã, acabo de vez. Está amanhecendo o sábado. Depois que me deixam, seco e deitado confortável e desesperado de dor nas pernas, começam a trocar o plantão. Mais alguns dias e aprendo que isso acontece às sete e às dezenove horas.

Como percebi, se não conseguia ouvir nada? Só pode ser o meu delírio. Ainda estamos na verdade na madrugada da sexta para o sábado. Conseguiram diminuir um pouco a minha febre. A dor continua. Levaram a película junto com a camisola molhada.

Será que não posso ao menos cochilar um pouco? Quando por fim dormi, sonhei que estava deitado na rede em um parque. O tempo começava a fechar. Vai chover, mas não tenho ânimo para me levantar.

No relato que publicou sobre sua participação na Guerra Civil Espanhola, George Orwell afirma que a experiência de ter levado um tiro na garganta foi "interessante". Por isso, resolveu contá-la. Eu jamais usaria esse mesmo adjetivo para a dor que senti enquanto minha perna estava sendo carcomida pelo coronavírus. Não interessa e não serve para qualquer coisa.

Ouça, Ricardo, você tem vergonha.

Prefiro o adjetivo "perfeita" porque assim contorno a dificuldade de descrever a dor. Aceita que você continua incomodado. Abro uma exceção apenas para admitir que, para mim, essa perfeição está ligada à memória. Agora você vai começar com seus artifícios para esconder a vergonha. Metade do meu corpo parecia prestes a explodir.

Me envolve, película, para que eu conserve as duas pernas juntas. Ninguém vai querer só uma.

Nos momentos em que não sentia a explosão iminente, achava que a melhor saída era mesmo dividir meu corpo. A perfeição está no fato de que eu teria autorizado uma amputação. Medo, vergonha e agora covardia? A perfeição mora na imobilidade. Tudo o que se move acaba sofrendo desgaste. Ficar parado, ali, era a melhor atitude: o movimento, eu tinha enfiado na cabeça, só intensificava a dor perfeita. Escreva agora uma frase marcante. Como tinha certeza de que jamais me deixaria, a dor perfeita dava a impressão de ter paralisado o tempo. A perfeição é o fim de tudo: por que continuaríamos?

De repente, em algum ponto da madrugada da sexta-feira para o sábado, senti uma pontada na cintura. Minha vista encheu-se de um prata bem polido, a taquicardia de novo piorou e tive um forte acesso de

Apertei o botão. A enfermeira me encontrou ensopado.

Perguntei se não tinham morfina. A enfermeira me olhou de um jeito estranho enquanto, outra vez, me colocava na cadeira.

Nas quarenta e oito horas em que o coronavírus carcomia os músculos das minhas pernas e, de modo geral, eu piorava muito, não ouvi nada. Não tenho nenhuma memória auditiva desses dois dias. De qualquer forma, morfina agora me parece um pouco ridículo. Talvez eu tenha em seguida explicado para ela que não aguentava mais a dor perfeita.

Senti outra pontada, sentado mesmo. Eu tremia tanto que certamente perdi os ossos da boca. Até amanhã, estou acabado. Meu queixo se desprendeu e precisei me abaixar para procurá-lo. Como estava com os fios dos sinais vitais presos no peito, não consegui. Já era.

Dessa vez a enfermeira me trouxe uma toalha. Sequei o que conseguia, sem ousar chegar perto das pernas. Troquei outra vez a camisola. Quando ela ia saindo, pedi de novo morfina. Agora, nem se virou...

Algum resultado meu apelo literário teve. Depois de quatro ou cinco outras pontadas na região da cintura, ela voltou e me aplicou uma injeção. Perguntei se era morfina. Outra pontada e achei que a película estava sendo pregada ao meu corpo. Esquisito, não seria melhor costurá-la? Sinto vontade de mijar e apalpo o colchão atrás da garrafa. Encontrei! Enquanto abria, percebi que teria que me mover para desfazer o nó da camisola e acertar o bocal. Senti medo de que a dor perfeita piorasse e desisti.

Agora,

Tive um sonho estranhíssimo. Daqui a poucas horas amanhece o sábado. A dor perfeita se tornou uma série de pontadas na região da cintura, que se irradiam até mais ou menos o joelho. Dali para baixo não sinto mais nada. Cheguei a imaginar o fato de alguém ter aceitado levar meus tornozelos e meus pés. Eu nunca quis saber para quê.

Sonhei que tinha armado uma rede em um parque, provavelmente o Ibirapuera. Pouca gente sabe, mas a administração fixou em uma região meio escondida algumas estacas com ganchos. Não tinha mais ninguém.

Comecei a ler, mas logo o céu ficou cinzento. Vai chover, é evidente. Só que não consigo me levantar. A rede, por algum motivo que o sonho não esclarece, resolve me proteger e se encolhe, envolvendo quase todo o meu corpo. É uma película. Sinto um enorme prazer, apesar da minha cabeça ter ficado para fora.

É esse o risco de qualquer dor: a gente não pode, em hipótese nenhuma, admirá-la. Depois desse erro o próximo passo é a intensificação do que machuca. Ou seja, vem a violência. Por isso, fiz questão de o tempo inteiro chamar de perfeita a dor que meu músculo sendo carcomido causava. Não podemos admitir nada além de sua repugnância. É o que sai da perfeição.

A chuva começou a encharcar minha cabeça. Meus cabelos gotejavam. Fiquei um pouco assustado, já que talvez aparecessem alguns raios. É o tipo de beleza que a gente só gosta de ver de longe.

Percebo que estou mijando na camisola. Tento parar, mas não tenho forças. Perdi o controle da bexiga. Não é pouco, pois o lençol acaba molhado. Chega a pingar no chão.

Como não conseguia sentir a bexiga, achei que por fim tinham levado minhas pernas embora. Portanto, estou livre da dor. Só que logo o cheiro da urina tomou conta do cubículo, o que me trouxe de volta: estou inteirinho aqui, minhas pernas continuam latejando e logo virá a próxima pontada na

Veio. Lembro-me de ter ficado nervoso. Usei a máscara de pato, muito álcool em gel e me fodi. Aqui o tempo não passa. Imagina se depois desse mijo eu cago? Caralho.

O filho da puta é quem? Nunca tive tanta dificuldade para dirigir minha raiva, para além, é claro, da turma de Brasília. Por uma ou duas vezes, chamei de burra a minha reação, depois me irritei mais ainda. Vai, idiota, faz revolução sem conseguir controlar sequer o mijo. Deixa escrito que você ficou um tempão molhado. Caralho, e acaba nervoso aí sozinho, ridículo. Sinto muito: você, meu caro, está todo mijado. É esse, sem exagero, o seu estado. Esse é o seu cu. Certo, ficou malcriado? Narrador só me enche o saco. Que máximo, arranjou um recurso artístico para esconder que está todo fedido, querido?

Quando a urina esfriou, comecei a escorregar no

Segurei-me nos apoios da cama, o que me causou uma crise de

Percebi que estava com taquicardia. Dobrei o corpo, esperando que o movimento aliviasse a

Um dos eletrodos se soltou, o que imediatamente fez uma enfermeira puxar a cortina para ver o que estava acontecendo. Não é uma crise cardíaca, ele só mijou no lençol mesmo, querida...

Tranquila, ela recolocou o eletrodo no meu peito (acho que eram quatro, mas bem podem ser cinco, não tenho certeza) e voltou com outro lençol, mais uma camisola e uma toalha seca. Na cadeira, disse-me alguma coisa, mas não escutei: entre a madrugada de sexta e a de domingo, não consegui ouvir nada. Desculpe.

Enxuguei-me trêmulo. Não sei como minha cabeça acabou não batendo na

Ela me enxugou um pouco mais, ajudou-me com a camisola e me colocou de novo na cama. Em momento algum citou o xixi, em cuja poça continuava pisando. Foi a hora das visitas: apareceu então uma faxineira e depois um enfermeiro colocou um acesso na minha mão direita e retirou inúmeras ampolas de sangue.

São, portanto, cinco horas da manhã de sábado.

Amanhã, Domingo de Ramos, vou ficar sabendo que todos os dias às cinco horas da manhã meu sangue será recolhido para uma série de exames. Pelo que entendi, o horário incômodo se ajusta a uma agenda: depois, com os resultados, o médico da equipe responsável pelo meu caso poderá escolher então o melhor tratamento para aquele dia.

Hoje, não sei nada disso. Cheguei aqui quando?

Saí de casa achando que passaria no máximo algumas horas no hospital. Nem minhas roupas ficaram comigo. Sobrou-me o telefone celular, com um carregador emprestado. Não consigo me mexer direito, tenho que mijar dentro de uma garrafa de plástico (que chamam de "papagaio"), não cago há três dias e sinto a dor perfeita da cintura para baixo. Talvez alguém queira saber dos meus pés. Além da audição, não tenho nenhuma memória deles. Eu quase não pisava no chão, só mesmo para ir da cama à cadeira, enquanto me trocavam o lençol e a camisola ensopados. Quando descreveu para minha mulher o que estava acontecendo, na ligação que os médicos faziam todo final de manhã, a doutora Fernanda foi clara: a covid tritura os músculos do corpo.

Passei o sábado, cuja manhã está nascendo, em estado de torpor, sem conseguir na maior parte do tempo perceber se estava acordado ou cochilando. Dormir, só na noite seguinte.

Não recebi morfina, é lógico. Não tenho a mesma sorte de George Orwell. Nem sequer simpatizo com ele. Devo ter sido muito medicado. A dor ficará estável o dia inteiro. Em resumo: no pouco espaço da cama, vou me dobrar de tempos em tempos desesperado e com raiva. A febre continuará em intervalos um pouco mais longos. Essa é minha condição clínica hoje.

No Domingo de Ramos (amanhã, portanto), vou fazer uma descoberta: se estivermos sem febre, dá muita vontade de conversar com os médicos. Não é só isso. Quando eles abrem a cortina e perguntam alguma coisa, tentamos ser muito claros. Ao terminar a resposta, no geral a vontade é de repeti-la para ter certeza de que a comunicação foi a melhor possível. O ideal é falar de um jeito atraente — o que significa bem mais do que simpático, quase exuberante, eu diria — para que os médicos passem o máximo de tempo conosco. Nada pode ficar de fora, cada esquecimento é um pecado gigantesco e uma frase que poderia estar mais bem-feita nos martelará a cabeça o resto do tempo. Fiz uma pilha de anotações sobre isso.

Se no meio da tarde outro médico aparece, é um alívio: poderemos então tentar uma nova forma para a frase que, de manhã, ficou mal formulada. O desejo de comunicação é muito grande. Ela precisa ser clara, cheia de detalhes e interessante. A simpatia não será suficiente. É preciso exuberância. Como todo mundo sabe, o limite entre ser exuberante e cafona é tênue. Não passa de uma película. Por isso, diante de um médico, somos tantas vezes ridículos.

As razões são muitas. A primeira é a vulnerabilidade; outras não são menos importantes: talvez um detalhe a mais gere uma boa notícia; deixar o médico ciente de tudo só irá nos ajudar; como não se pode receber visitas na UTI-covid, qualquer companhia vale muito e portanto é preciso aproveitá-la bem.

Para mim, no entanto, haverá uma angústia maior. A linguagem nunca foi minha cúmplice. Não posso dizer que cheguei em algum momento a detestá-la, só que jamais dei confiança e, mais ainda, sempre me senti frustrado com os recursos de comunicação que ela me oferece. Nesse caso, eu precisava me esforçar ainda mais em todas as minhas tentativas de narrativa.

Tudo isso só vale se a febre tiver passado ou, no máximo, estiver baixa. Agora no sábado cedinho um médico puxa a cortina, fala alguma coisa dos meus exames e observa se minhas pernas têm algum sinal de trombose. Acontecerá com um cara ao meu lado daqui a alguns dias. Infelizmente não tenho ideia do que eu e o médico falamos. Não ouvi, portanto não posso me lembrar. Apenas amanhã, Domingo de Ramos, recobrarei minha memória auditiva e, com ela, a capacidade de comunicação.

Já retiraram algumas ampolas de sangue da minha mão direita, a mesma que uso para escrever, e deixaram uma bandeja com o café da manhã. Não sei onde ficou. Para agradar a enfermeira, tomei o suco.

Há quanto tempo você não caga? Por questões renais, no caso da covid a urina é bem mais importante que as fezes. E a febre? O médico ainda não veio. Devem ser por volta de nove horas. Agora arrisco olhar o telefone. O dia será um pouco mais seco. Vão trocar o lençol e a camisola apenas três ou quatro vezes. Acho que aumentaram o fluxo de ar que sai desses caninhos. Eu gosto. Estão nas minhas narinas desde que tive um colapso na recepção do hospital. A crise de tosse me trouxe uma superfície prateada e hiperpolida na frente dos olhos. O mais lógico seria ter perdido a visão.

No segundo dia de internação, acabei surdo. Quinta, sexta e agora o sábado. Acho que até amanhã acabo. Com isso, a dor desce de novo por todo o tornozelo. A trombose é um risco sério para os pacientes de covid.

Vai dar em um cara ao meu lado daqui a alguns dias. Muita coisa acontece com as pessoas internadas na UTI. Ainda não sei se vou morrer. O leitor já descobriu. Hoje não escuto nada. Sinto falta do narrador, para onde você foi? A dor me lança dois dardos na cintura. Chamo alguém. Traz morfina, por favor? Avisa que podem cortar minhas pernas. Vai. Talvez o médico já tenha passado. Errado. Não cago há três dias. E se na minha vez o banheiro estiver cheio? Vejo pela fresta da cortina uma senhora gesticulando. Logo, terei um incidente com ela. Ficarei até hoje constrangido e com remorso por causa do que vai acontecer. Por enquanto, porém, ela é apenas um dos pacientes que enxergo ao mesmo tempo que noto a dor nas pernas aumentando. Com tanta dor, ninguém arrisca dar risada. Pede uma fralda, aí você não caga na porta do banheiro. Receio que você mereça uma porrada. Passou a saudade? A gente nunca sabe se o ideal é ficar sozinho. Vou indo. Já vai tarde. Tenha uma boa febre, tonto. Ainda não se mandou?

Depois, o médico deve ter vindo. Disso, não tenho certeza: minha memória auditiva desapareceu entre a madrugada de sexta e a de domingo. Se assisto à TV ou olho o telefone, qualquer lembrança some fácil da minha cabeça. Veja como a febre e a dor se combinam: minhas pernas latejam, o corpo esquenta e preciso ficar descoberto. Sinto a película se rompendo. Tudo. Tenho medo até de mover os braços, que não costumam me deixar em apuros. Se uso o botão, da próxima vez não peço morfina. Estou sendo claro, doutora? Me ouça, a dor perfeita não cede: me traga, por gentileza, um canivete? Ajeito o lençol, mesmo que esteja seco. Tremo, pois não posso usar a coberta.

Se é a única saída, começa a festa: canivete, venha à minha pele e toma a minha vergonha como modelo de corte. Pode ser profundo, tudo o que precisar, desde que leve essas pernas para o inferno. Não quero anestesia: a dor não poderá ser maior, caralho. Mostre o segundo nível da epiderme. Desce bem vaidoso, monstro, e não perde a oportunidade de romper a carne viva. Canivete, leve minhas pernas, vai certeiro, escreva no meu corpo o sinal do covarde desgosto de que o papel jamais será capaz. Vai, canivete, investe com força, me livra dessa porra toda, corra.

Ninguém trouxe um canivete, seu trouxa.

Devem ter me dado outra injeção ou, quem sabe, explicado que o efeito do remédio demora um pouco. Tremo. Depois, se cochilo, não lembro. Não tenho nenhuma memória auditiva nesses dois dias. A partir de agora, vou tentar outro recurso: se puxo um dos fios dos eletrodos, posso amarrá-lo em torno da coxa. Bem apertado, o sangue não circula, consigo extirpar como se fosse uma forca. Pulha. Que se foda. Só que a campainha avisa: parada cardíaca. Daqui a alguns dias, uma enfermeira novinha vai chorar pelo mesmo motivo. Só que dessa vez fui eu. É a perna?, a enfermeira pergunta enquanto recoloca o eletrodo. Dorme um pouco. Um cochilo, disso não tenho certeza. Do quê? Na mesma data, enviei uma mensagem para casa? Calma, talvez tenha sido amanhã, Domingo de Ramos. Sinto muito por isso, mas não sei se volto o mesmo. Tenho medo de não mostrarem esse

Se não te escrevo mais hoje é por causa do repouso. Porco. Mentira, é que não aguento. Todo o resto do dia, da cintura para baixo, se me mexo é uma pontada do lado direito. Creio que minha perna latejava tanto que a tal trombose vai ver que

O vírus escolhe, se não for outro verbo, onde vai atacar. Claro que será o pulmão. Depois, há mil possibilidades, ninguém sabe. Não me deram morfina. O canivete também foi negado, e não tive como enforcar a parte de baixo da minha cintura. Caralho. Alguém faz alguma coisa. Porra. Não tem mais nada. A enfermeira volta e me passa para a cadeira. O senhor, senhor Ricardo, está de novo todo ensopado. Amanhã, Domingo de Ramos, acabo. Estou mais gordo, quase um sapo. Pensa numa lagoa, só mijo numa garrafa e a água. Penso numa estátua. Se meu corpo nunca mais se mover, será que a dor nas pernas? Penso numa festa, mas logo a tosse explode, uma superfície prateada e hiperpolida vem junto com a

Não penso em mais nada: amanhã você acaba. Depois sinto raiva. Depois sinto. Insisto que da madrugada de sexta até. Eu me sinto mais gordo. Um desses remédios, eu soube, incha o corpo. Me sinto um porco. Ainda não caguei, faz mais de. Como estou gordo, não posso flutuar. É impossível dormir, portanto. Para mim é difícil até

Explico que estou sem fome, o que é mentira. Tenho medo da comida me obrigar a mexer as pernas Aí já era No mínimo tenho que inclinar a cama Não tenho como saber a resposta, pois desde a madrugada de sexta até O suco devo ter bebido, naquele momento eu tomava muito líquido Depois, se tiver dormido um pouco sonhei com o parque Escroto Deve ter sido só um cochilo O menino escalou uma estátua verde É limo A sobremesa era abacaxi Aí no hospital? Então deve ter sido pudim E se engordo mais, afundo a cama Quem sabe já desço pro cemitério Espero que a brincadeira não se repita Nunca falei tão sério Péssimo exemplo de ritmo na frase anterior Vai tomar no cu e só narra já você dor vira a cara com força no travesseiro sente medo, e está de novo com febre desce se eu dormir, quem sabe só que por outro lado, mesmo agora o acesso continua passando e depois posso fazer outro plano tanto é que então devo ter visto algo, pois decidi me distrair no corredor dividi por cores: os uniformes de fato variam perdi a conta na pontada dez ao todo vou contar o pouco pulando a por fim decidi que já não agora se houve outra troca eu sei que só não levitei porque todo meu corpo estou depois um pouco mais a palavra é conformado você de novo caralho sem mim, o senhor já era como não largo, de fato é, eu não faço acho que não tem mais vai, então, toma conta no final, vai ser o narrador vou depois se almocei foi só o suco o líquido é muito tudo na verdade, mediram a garrafa do mijo isso fica escrito de uma forma uma hora ou outra visita caralho, escroto, porco e a perna? essa explodo e depois se eu dormir só que não é assim vamos assumir não então peça de novo outro no caso a demora saí de casa não fez efeito talvez um pouco mais tenta deita deito fecho os olhos e corro como no corredor não inventa minhas pernas vão não por que você vai ver agora não sei depois talvez já fosse ela trouxe o travesseiro eu adoro só que depois nesse tempo não lembro trouxa ouça por fim não escuto da madrugada de eu sei você sabe cale um pouco trouxa e então já saí de casa agora a gente até acredita vira religioso se for as pernas e a película avisa para quem você houve ouço não poço pode no fundo do ouço não houve nem pode a dor perfeita não serena e grita você grita avisa a cortina abre e pede espere torço você torce explode não poço pode não corro corre nesse estado caralho de novo

ouçohouvecorreexplodeenvolvepodefodefodeengoleescorree
viraviraavisaavisoissoaquiloescorreescudoexplodeexpludotu
dopuxoescutaescutofundofundotudomundogritagritoissoe
avisoescreveescritoavisoavisosososozinhoesperoescreveescre
voinvertocemporventoventainlembracensotempotempovem
náovenhotentanáotentocorrenáocorromo

                                                            um
pouco e assim quem disse um intervalo que você escuta e dá o exemplo você tenta tento

                                                                e a
dor não foi se foi você vai sozinho minto você mente no hospital a enfermagem no final você sem querer lê leio li quem morrem dois mil é mais e depois

                         você viu vi aqui não se pode em tudo intubo esqueça o mundo é um conselho mereço merece e escreve não escrevo a dor e se explode sobra um pouco o tronco
            morro não morre ouço não houve e de repente
     a dor me esquece um pouco por alguns momentos
    talvez duas ou três horas quando veio o lanche da tarde e por fim consegui mastigar um pouco melhor algo e beber o suco mas de novo e bem
na hora em que procurei a garrafa poço pode
                a dor prateada e polida espera e não tosse não

pode posso no fundo do
        não ouço conta essa porra e aí já era
        minhas pernas
  Acho que a noite se aproxima se já caiu então a hora fica
e a dor a mesma enfermeira chamou não sei eu não sei não
sabe talvez eu acabe de madrugada fala para os dois quem não
sei se então dorme um pouco
            se dormir eu sonho não durmo
            burro e tonto um pouco depois
            chega o
                  jantar e então eu
comeu não sei sabe fale não falo
        saco   compreenda
                      tenta formar um vín
tudo fica prateado agora
        até a parede
                está hiperpo
você acredita mesmo não tenho certeza e aprovei
        aproveito e tento fazer o que
a dor aumentou aumenta só se repete se repete se repete se repe
    escreve não escrevo merece não mere
na hora do recreio o menino se vira e eu tusso
                nessa hora bem agora que mer
era o pior momento lembro com clareza prateada e hiper
linda não assim você eu você eu
não sei se ainda é possível no lanche da noite até isso tinha
antes de apagarem como
        engole não posso engole não engulo
        não sofre pode não posso me
        enforca enforco
deixe a pessoa
rato ou arrasto

deixo
fecho feche
corro e ouço
dói de um jeito

limpeza peça
        posso
        poço
força forço
        fosso
        forço
        ouça
        ouço
        morte

condição saber a ho
agora agora agora a perna
leva não levo quero não posso
avi
não falo fala não falo
ent tento tenta sim tento aqui
aq a dor não cede merece
segue
escreve não escrevo pode não poço
dor foi assim não
olha não olho al
amanhã eu
saí de casa
fala não falo mas reza não
ainda eu jamais ando ou

perde e não pega
e sim agora
e na ho
não chora
choro
mais ainda não poço
e em casa não fa
faz em todo ca
no meio do fim o
outro sinal vai
não vou não posso
ouve não ouço
pode não chore
choro choro e
mor
dor seja como:
dor
dói agora cara
já saí de
e agora rez
dói e corre
intuba e
mor
ouve ouço
grita grito grito
chor
olha não olho
não posso dor
pode mor
vou não vai
mor
vou

não acabou
dói dói
noi
tudo tubo fun

tenho um espelho
    vejo
    espero
    espesso
    espelho
    tenho um
    medo
    veio veio veio
    dedo
    velho velho velho
    venho e escrevo
    perco o
    medo medo medo
    queimo
    quero eterno
    chama a membrana
    o fogo ouço a
    fogueira queima
    inventa outro
    sono sono sono
    acho e passo
    paço
    caio caio caio
    peço um paço
    acho
    caio

       mato
       estrago
       recusa a indul
       fui foi u
       aceita doi mo
       não é só
       avi assim
       é maio
       muito u
       agora ó
       pega é
       devolve
       ouve o

       água
       na dor tem muita água
       uma faca
       uma vara
       uma arma
       uma traça
       uma poça
       não volta
       roda
corpo sem desejo
meu corpo
sem cheiro
partido a meio
inteiro sumi
roído
odor
nem um pouco

meu corpo
insatisfeito
feio
corroído
fixo, per

açoite aceite
não acei
sim dói
dor e dor
mor
morro
pode poço
ouço houve
corta
pouc poi
doi de noi
já saí de
agora de noi
ouve ouço
tubo sur
pouco
muita
mor
moído
dorme dur
tub
some sum
tu
ouve ou
luto

mor mo
po

menino vivo
arrumo
uivo
ouço
escrevo
esteja
estejo
tris

o escri insisto
aborrecido
sempre
serpente dói
        oi
corrói
a serpente entre
        entra
        sempre
        dor
        dói
        dói

sopro sopro
assopra
assopro
ssopro

o seu fôlego
o seu sopro
assopro
respira
respiro
suspiro
ssopro
ssopro
assopro
não posso
ssopro
mo

tusso
tosse
tu
pode
pulo
pulso pulso
ouço
mo

guerra
esqueça
    ço
tusso
não não
no osso
   osso
   fosso

dói de no
como pode
muito
sombra e
sussur
mun
tubo tu
não escu
de madru
fala não fa
grita em
grito si
grito
preci
cinza
caga não ca
falo
não fa
saí de
mata
a dor aca
mato
estra
hora
em
tub
sente sinto
desis
minhas pern
não esper
já

a cara suja
se veio a culpa?
No início, a fuga
        usa usa
a ideia é
puta puta
não me inclua
        sua sua
durma um pouco
    fuja
    fede e
    depois
    a dor
    apodrece
    -nos

2
DOMINGO DE RAMOS

"Desculpa acordar o senhor tão cedo."

"Aqui você cuida de tudo. Você é o meu ministro da Saúde."

Pela risada curta, percebi que ele tinha ficado constrangido. Da minha parte, levei um susto: eu o ouvira falar perfeitamente, respondi de forma compreensiva, fiz uma piada inofensiva e percebi certos ruídos distantes. Tentei me erguer para sentar na cama e tive uma crise de

Minha vista ficou de novo prateada. O coração disparou.

"Pode ficar deitado. Vou só recolher as ampolas dos seus exames."

"Estou com sede." Além disso, sentia-me exausto.

Ele não respondeu. Logo achou o acesso no lado externo da minha mão direita. Meu ministro da Saúde é ágil e não gosta de perder tempo. Mudei de ideia e virei o rosto para a parede. Fechei os olhos. Assistir ao sangue entrando nos tubinhos estava me causando uma leve tontura.

"A gente precisa trocar esse lençol. Está ensopado. O seu banho é de manhã, de tarde ou de noite?"

Fiquei com medo e não respondi. O meu ministro da Saúde é experiente:

"Não marcaram até agora?"

"Ainda não tomei banho." De fato, fazia quatro dias que eu não tomava banho e nem usava a privada.

A resposta dele foi encoberta por uma voz levemente esganiçada vinda de um cubículo perto do meu. "Por favor, por favor", dizia. Não entendi por que a paciente não apertava o botão para chamar um enfermeiro. O ministro fechou a cara. Hoje à noite irei apelidar essa senhora arrogante e chata de Velha Cloroquina. Mais para o final do livro, terei vergonha disso. Ela vai acabar morrendo. Por enquanto preciso responder à pergunta sobre minhas pernas. Por alguns instantes, fiquei confuso: como ele sabe da dor? Enfim, muita coisa aconteceu nos dois últimos dias. Não ouvi nada. Não tenho, portanto, memória.

Tive medo de me concentrar e descobrir que a dor continuava igualzinha. Filha da puta. Eu não podia, por outro lado, deixá-lo sem resposta. Além disso, a conversa estava me fazendo bem. Resolvi sofrer.

Não foi o que aconteceu:

"A dor diminuiu. Mas ainda sinto as duas pernas latejando. É estranho. Parecem pesadas."

O meu ministro da Saúde não respondeu. Rápido, ajudou-me a sentar na cadeira, e com cinco ou seis movimentos de braço trocou o lençol e me estendeu uma camisola seca. Tirou de algum lugar um copo de água. Tossi um pouquinho.

Depois se despediu, disse que seu plantão acabaria às sete horas e me desejou algo que todos os enfermeiros repetem, sempre no plural, enquanto fecham a cortina:

"Melhoras".

Ouvi a Velha Cloroquina perguntando se já tinham providenciado o quarto dela.

Fiquei imóvel, tentando compreender a situação das minhas pernas. Estão latejando, é verdade, mas a dor diminuiu.

Melhoras. Eu jamais mentiria para o meu ministro da Saúde. Quando será que arrefeceu? Eu não conseguia lembrar, mas, sendo assim, devo ter caído no sono. Na minha memória, passei as últimas quarenta e oito horas acordado, no máximo com alguns cochilos entre a taquicardia e a tosse, a enorme crise de dor e as saídas da cama para trocar o lençol e a camisola ensopados. Agora, minhas pernas latejam e parecem mais pesadas.

Pela fresta da cortina, notei uma enfermeira chorando com as mãos no rosto. Silenciosa, outra veio e a abraçou por um longo tempo. Afiei os ouvidos, mas não percebi nada que justificasse, para a minha noção ainda superficial da UTI-covid, algo tão forte. Durante toda a internação, testemunharei esse tipo de coisa várias vezes. As pessoas pioram aqui de repente. Essa doença é imprevisível.

Algum tempo depois, talvez meia hora, criei coragem e apalpei o colchão atrás do meu celular. Quando passei o dedo pela tela, a angústia desapareceu para dar espaço à irritação: a quantidade de mensagens, através de todos os canais possíveis, tinha se multiplicado. Como não peguei o aparelho nos últimos dois dias, o problema aumentou muito.

Caralho, onde está minha mulher? Por sorte, meu amigo Leonardo acaba de me mandar um recado pelo WhatsApp: "Já saí de casa. Não precisa rezar, mano, essa parte deixa comigo". Eram pouco mais de seis da manhã. Sinto um enorme bem-estar lendo isso.

Precisei usar o mecanismo de busca para localizar minha mulher. É equivocada a informação de que não peguei o celular ontem e antes de ontem: eu e ela trocamos algumas mensagens. Na última, pedi desculpas por alguma coisa que me envergonha reproduzir e ela dizia que nosso filho havia acabado de dormir apertando sua mão. Então, mandava uma foto do jantar do nosso casamento. Muito tempo depois, o menino vai me dizer que, quando estive internado, ele não conseguia dormir direito. O comentário dele, inclusive, nem sequer dizia respeito a mim: ele tinha ficado sabendo que um garoto da escola, de outra série, perdera o pai por causa do coronavírus e me perguntou se dá para viver sem nunca mais dormir.

Agora cedo, escrevi para minha mulher uma mensagem mentirosa, dizendo que tinha acordado melhor, apaguei e então mandei outra: a dor nas minhas pernas diminuiu bastante. Depois, resolvi limpar aquele monte de recados.

Enquanto tentava organizar o telefone, por fim descobri como tanta gente acabou sabendo que eu estava internado na UTI com covid. Algumas horas depois do homem mudo ter me deixado aqui, desmarquei quatro ou cinco compromissos. Eram mesas redondas, uma gravação de podcast e uma participação na banca de mestrado de uma dissertação bastante interessante. Uma dessas pessoas, ou alguém por meio delas, postou a "informação" em um grupo de WhatsApp de escritores.

A maioria das mensagens não me incomodava. Ao contrário, demonstrava atenção e humanidade. Eram leitores, ex-alunos, antigos colegas do ensino médio, pais da escola onde meu filho estuda, parentes distantes e alguns cínicos. No entanto, se continuassem chegando, eu de fato teria muita dificuldade para conversar com a minha família e os meus amigos.

Ainda na quinta-feira, por exemplo, meu amigo Renato de Ribeirão Preto me contava que tinha pedido demissão do colégio onde dava aulas porque a direção, no pior momento da pandemia (bem quando fui internado), estava exigindo que os professores, mesmo sem vacina, voltassem ao ensino presencial, o que evidentemente os sujeitaria a enorme exposição. Alguns pais chegavam ao ponto de agredi-los durante a aula on-line. Se eu trabalho, porra, por que vocês, professores, só querem ficar em casa?

Mesmo as aulas que seriam transmitidas exclusivamente pelo computador teriam que ser gravadas na escola, com todo o grupo de professores lá, como se fosse um dia normal. Renato contava que desde o início da pandemia o colégio tinha passado a chamar a ele e seus colegas de "produtores de conteúdo" e abandonado o termo "professores". Consequentemente, muitos pais e alunos estavam fazendo o mesmo. Ele deixou bem claro que estava se demitindo porque não concordava em se expor sem ainda ter sido vacinado, mas no momento da rescisão a diretora insistiu que o motivo era outro: incompatibilidade com as novas exigências para os "produtores de conteúdo".

Outra mensagem que me passou algum tempo perdida foi a do Rodrigo Lacerda, que deve ser a pessoa mais bem-educada do mundo. Ele escreveu dizendo que não tinha a menor noção do que falar numa hora dessas. Eu gostava muito desse tipo de manifestação. Demonstra sinceridade.

Enquanto lia o que tinham me escrito o Renato e o Rodrigo, recebi cinco ou seis recados. Entre eles, uma mensagem da minha irmã. Escritores-médicos como Ronaldo Correia de Brito e Natalia Timerman também me trouxeram algum conforto. Os dois escreveram recados engraçados, meio pasmos no início, sempre propondo solução para algo: vou ver com meus amigos, tem médico chato, tenha paciência, o negócio é ficar lendo, olha, no hospital a gente precisa ficar calmo, e mais isso e aquilo. Os dois sublinharam a necessidade de que eu continuasse tranquilo. Comecei a ter muita simpatia por médicos e enfermeiros com os olhos plácidos e o rosto engraçado. Recados do tipo "mas você vai ser intubado?", "meu Deus, logo agora que morrem quatro mil por dia" e por aí demonstravam certa insensibilidade, mas bastava que eu os deletasse para esquecer.

Na verdade, apenas uma mensagem me incomodou, justamente pelo grau de maldade, cuidadosamente redigida para se confundir com uma brincadeira boba. Apesar de só tê-la lido agora, quatro dias depois de entrar aqui, foi uma das primeiras que recebi. Veio de um escritor que faz em público papel de ético: "Toda força, meu caro Lísias! Estou aqui na torcida pra que tudo corra bem. Na torcida e na confiança, porque você tem histórico de atleta. Conte comigo, camarada. Forte abraço". Para quem está sendo internado na UTI por causa de uma doença que matava naquele momento quatro mil pessoas por dia, é no mínimo uma estupidez.

Deixei um recado nas redes sociais explicando o que eu sabia do meu estado. Fui claro: a covid causa certo embotamento, que deve se agravar com essa quantidade de remédio. São injeções na barriga, comprimidos, corticoide direto na veia etc. Só não disse que hoje, Domingo de Ramos, completo quatro dias sem usar a privada, o que é também consequência da medicação.

Com isso, as mensagens diminuíram. Escrevi no final um apelo, pedindo que as pessoas ficassem em casa. Logo, a maldade começou: "Mas você não ficou em casa?", "Se fodeu", "Olha aqui, enquanto você está na UTI, eu estou na praia" (essa tinha uma foto), "Ou seja: se você não pode sair, eu também não posso?", "Só porque o Ricardo Lísias está dodói eu vou ficar trancado em casa?". Foram dezenas assim.

Está amanhecendo o Domingo de Ramos. Daqui a poucas horas vou descobrir que hoje o dia será decisivo para mim. Dependendo de como reagir, serei intubado. A mensagem do meu amigo Leonardo me tranquilizou: já saí de casa. Ele está indo rezar.

O Leo nunca foi um católico ortodoxo. Por outro lado, jamais desrespeita sua religião e nem perde de vista algumas obrigações. E o jeito como reza quando está sozinho é muito bonito. Pensei em fechar os olhos e rezar também, mas logo concluí que não conseguiria fazer como ele. Isso, ao menos, posso deixar para outra pessoa. Obrigado.

Tentei dormir um pouco. Logo o movimento começou. Os enfermeiros trocavam o turno enquanto os pacientes à minha volta iam acordando e logo utilizavam a única coisa que aparentemente tínhamos em comum além do vírus: o telefone celular. Em pouco tempo, identifiquei três. Bem do meu lado estava um senhor de Remanso, na Bahia. Logo cedo, falou com a esposa. Ele tenta manter a voz firme e impostada, mas não consegue esconder que está com medo. Ao longo do dia falará com as filhas e com alguém que cuida de suas lojas. Não sei o que vende e muito menos se elas estão abertas. Em momento algum conseguirei enxergá-lo. É educado, fala obrigado o tempo inteiro para as enfermeiras e agradece cada vez que recebe água e, depois, dispensa a garrafa de urina. Mesmo assim, parece que espera sempre ser atendido com rapidez e mostra impaciência quando alguém demora a responder a um chamado. Está acostumado com seus empregados e parece confuso por não conseguir controlar a situação.

Perto de nós, está um rapaz com seus vinte e poucos anos de quem não saberei nada, apenas que em momento algum deixou de ir às festas que, pelo jeito, rolavam intensamente enquanto estavam proibidas. É ele que vai ter a trombose que citei algumas páginas atrás. Ainda dorme. Quando acordar, vai falar com a mãe desesperada, com o pai que mora fora do país, a namorada e dois ou três amigos. Ao contrário do Remanso, só não está mais calmo porque parece de saco cheio. Não sei há quanto tempo está internado. Como passei os dois últimos dias surdo por causa da dor nas pernas, devo ter perdido muita coisa.

Quem mais está aqui?

Do lado oposto ao meu, fica a Velha Cloroquina. Está acordada e com a voz esganiçada pede para o filho conferir uma informação sobre o convênio. Entre os pacientes ela será a única que irei enxergar, até porque gesticula muito e perde um bom tempo tentando levantar. Tem os cabelos brancos, muito lisos, e usa uns óculos de aros grossos. É magra e a testa tem mais rugas que o resto do rosto. Ela não faz esforço nenhum para ser simpática e parece, ao contrário do Remanso, que não está sentindo medo. Na minha fantasia, bem poderia ser a avó do rapaz que terá, daqui a alguns dias, uma trombose na perna.

Encontrei um artigo apontando os riscos que centenas de animais corriam se o congestionamento em Suez continuasse. Presos em algumas embarcações, logo precisariam de ração extra e talvez até de maiores cuidados, o que seria difícil de garantir. Há por exemplo um comboio de sete navios com destino a um porto no Líbano que leva mais de noventa mil animais. Depois, outras onze embarcações carregam cento e trinta mil ovelhas. Pelo que entendi, estão indo da Romênia para a Jordânia. Autoridades egípcias estão nesse momento enviando algum alimento e grupos de veterinários. Fico imaginando quantos são necessários para essa quantidade de animais. Ao revisar *Uma dor perfeita*, o editor deixou um comentário certeiro: parece uma Arca de Noé contemporânea. Enquanto eu baixava outro texto sobre um marinheiro que está há alguns anos sozinho cuidando de outro navio no mesmo lugar, entregaram o café da manhã e resolvi esquecer um pouco essa história.

Eu mal tocara na comida e a doutora Fernanda, um pouco mais lentamente do que fará nos próximos dias, puxou a cortina e se aproximou. Procurei me recompor e logo vi que as notícias não seriam boas. Se o médico não for apenas um aproveitador do poder que sua posição naturalmente lhe garante, e sim alguém que de fato está querendo ajudar, ele dará as más notícias devagar. A gente vai logo notar que a situação não lhe agrada. Médicos de verdade jamais são indiferentes. Primeiro, falam de outras coisas. Ansioso, respondo que estou urinando normalmente, mas que meus intestinos não funcionam desde quinta-feira. Ela não levou a sério essa informação, que parece incomodar só a mim.

Antes de continuar, conferiu a trombose nas minhas pernas. A dor prateada e hiperpolida vai voltar. Nenhum sinal da trombose, ao menos.

Depois, chateada e com algum pesar nos olhos, explicou: "Os resultados dos seus exames pioraram hoje". Então, falou alguns termos que não entendi (é mais provável que a notícia os tenha tornado irrelevantes) e por fim concluiu que ao longo do dia eu me submeteria a alguns "procedimentos". Talvez tenha sido outra palavra. Vamos tentar alguma coisa. Temos outros recursos. Podemos, quem sabe, talvez, vamos ver, todavia e por aí vai. Agradeci e ela saiu devagar. Antes, perguntou se tenho alguma dúvida.

Não.

Pouco depois de fechar a cortina, ouvi a doutora falando, muito provavelmente para uma enfermeira, algo como: "Não, vamos tentar mais um dia". Ela queria dizer o seguinte: "Vamos dar mais vinte e quatro horas para ele reagir. Se não, amanhã intubamos".

Melhoras.

Hoje é 28 de março de 2021, Domingo de Ramos. Meu amigo Leonardo já saiu de casa. Se amanhã os resultados dos meus exames não estiverem melhores, vou ser sedado e depois intubado. Antes, poderei conversar com a minha família. Não sei exatamente como explicarei ao meu filho. Vão fazer o papai dormir e depois colocam um tubo, igual um cano, da minha garganta até o pulmão, para ver se consigo mais ar. Não, não sei quanto tempo demora. Não dói.

Obviamente, não vou dizer que muita gente nunca mais volta. Qual a porcentagem de falecimentos para pacientes intubados com a minha idade? Enquanto buscava essa sutil informação, fiz algo que até agora me deixa com vergonha.

A pesquisa sobre os intubados com quarenta e cinco anos acabou me levando a uma notícia sobre o ator Paulo Gustavo. Às vezes antes de dormir procuro alguns esquetes dele no YouTube, o que mais de uma vez me causou xixi nas calças de tanto rir. Ele está intubado. O marido publicou uma nota contando que o humorista tinha apresentado uma leve melhora. A notícia me aliviou um pouco. Na UTI, a gente fica atrás de qualquer fiapo de esperança. Decidi não pesquisar mais nada.

Não, filho, não é assim tão grave: eu durmo só para facilitar, mas logo a gente vai poder conversar de novo. Não vou ligar nos próximos três ou quatro dias porque o cano na garganta prejudica um pouco para falar. Quando acabar essa história de me intubarem, a gente pode jogar alguma coisa no celular, igual você faz às vezes com seus amigos.

"Mas você vai jogar, papai?"
"Você me ensina, né?"
"Qual jogo ficou aí no seu telefone?"
"Tem quatro aqui, mas quero jogar PKXD."

Ele vai ficar muito feliz e passará o tempo enquanto eu estiver intubado pensando na melhor estratégia para me explicar o jogo. Um pouco antes dessa merda toda acontecer, caminhamos com a minha mãe. "Vovó, vamos falar tudo que a gente vai fazer quando acabar o coronavírus?" Os dois então começaram a imaginar uma lista. Tive que anotar no celular, o que com certeza me causou três ou quatro tropeções. Achei aqui: acampar na sala, jogar a máscara fora, brincar de dominó, comer pipoca, jogar PKXD, fazer xixi na panelinha vermelha, rir do papai dormindo, brincar de escolinha, fazer campeonato de pum, ligar para a mamãe, ficar em silêncio para ouvir a vizinha, dar banho de caneca na ursa de pelúcia, falar o que vai fazer amanhã. A lista continuava, mas fiquei com medo de me emocionar. Fechei os olhos, talvez esperando cochilar um pouco. Eu precisava ligar para a minha mulher. Tenho vergonha de dizer que

Melhoras.

Uma lista de tudo o que causa vergonha em uma UTI é ainda maior do que a programação do meu filho com a avó para as férias. Se for UTI-covid, então, ela com certeza receberá um item a mais: se contraí essa doença, alguma coisa errada eu fiz. Achei que os médicos e enfermeiros me questionariam o tempo inteiro. Engano meu. Não ouvi nenhuma pergunta sobre a contaminação. Além das datas que a médica que me internou precisava saber, perguntaram-me apenas se eu tinha feito uso de alguma medicação prévia, obviamente querendo saber se consumi cloroquina ou ivermectina. Essa vergonha não preciso acrescentar à lista.

"Não. Acho o presidente um enorme horror. Não sigo instruções de genocidas."

O meu ministro da Saúde era o único que ria quando me ouvia dizer isso. Eu aproveitava e enfileirava um monte de palavrão. E o general que não sabe a diferença entre uma vacina e um bode? Os outros apenas faziam algum gesto de concordância ou fingiam não estar entendendo nada.

A camisola dá vergonha. Era a minha única roupa até os dias da semi-intensiva, quando por fim pude usar uma cueca, que minha mulher enviou junto com *À sombra das raparigas em flor*. A propósito, *No caminho de Swann* recebi ainda na UTI. Quando contei, alguns amigos acharam estranho alguém ler Proust nessa situação. Para mim funcionou bem. Como já conhecia o texto, buscava as estruturas das frases, certa organização do raciocínio e sobretudo como Proust dissimulava as fofocas que enfileira o tempo inteiro. Tinha certa graça. Do mesmo jeito, quando conseguia algum tempo de concentração com o livro, os ruídos na UTI desapareciam, aliás como aconteceu nos dias da dor perfeita.

Também fiquei envergonhado por ter precisado adiar algumas aulas do meu curso sobre Proust. Antes de ser internado, já com o diagnóstico positivo para a covid, disse para os frequentadores que o meu caso certamente era dos assintomáticos. Dois ou três dias depois, vim parar aqui.

Senti várias vezes vergonha da minha fraqueza. Vou tomar banho pela primeira vez hoje à tarde. Garanti para a enfermeira que conseguiria ir a pé. É só me ajudar com o balão de oxigênio. Assim que me levantei, tive uma forte crise de

Também me deu uma leve tontura. Logo, outra enfermeira veio com uma cadeira de rodas. Tomarei o banho inteiro sentado. No Domingo de Ramos, dia 28 de março de 2021, não tenho forças sequer para ficar em pé. Os músculos das minhas pernas foram mastigados pelo vírus.

Durante toda a minha internação, senti vergonha do excelente tratamento que recebi. Por duas ou três vezes, uma nutricionista pediu minha opinião sobre o cardápio das refeições. Não tomo leite quente. Ganhei um chinelo havaianas com o logotipo do hospital e um enxaguante importado para os dentes enquanto boa parte das vítimas da covid no Brasil morre sem conseguir internação. Até hoje, meses após ter saído do hospital, e ainda com sequelas bastante desagradáveis, sinto-me muito mal ao deparar com notícias como a da moça de vinte e oito anos, mãe de duas crianças, que morreu depois de tentar tratamento adequado em quatro lugares diferentes.

A vergonha a que me referia, porém, é bem mais específica e tem a ver

Quando por fim criei coragem para telefonar para a minha mulher, ouvi aquele ruído desagradável de linha ocupada. Na mesma hora, algo queimou na minha barriga. Será que finalmente vou cagar? Ela só pode estar falando com a médica.

Essa é a minha grande vergonha: como com certeza iria pedir para fazermos uma ligação por vídeo, eu queria falar com minha mulher antes que a médica lhe desse as péssimas notícias sobre a minha piora. Eu estava com muito medo de ver o rosto dela depois da informação de que o marido não conseguiu melhorar após três dias na UTI. Pior, piorou. Piorei.

Você chama a sua covardia de vergonha? É mais que uma atitude tonta: manipula a situação.

Ouço por algum tempo a linha ocupada e a dor na barriga me faz revirar na cama. Os fios repuxam.

Chama as coisas como elas são: medo, covardia, fraqueza.

Alguns minutos depois, o WhatsApp toca: é ela, de fato, querendo me ver.

Tenha coragem, Ricardo, ao menos agora, abra a câmera e mostre o seu estado.

Esqueça: não aceitei a chamada.

Em seguida, ela me mandou um recado: você está aí? Acabei de conversar com a médica.

Fala, Ricardo, que você desligou.

Arranjei uma desculpa e escrevi rapidamente: acho que preciso ir ao banheiro, na volta ligo.

Isso, ao menos agora você assume que foi covarde.

Se a dor de barriga não passar, chamo uma enfermeira.

Estamos no Domingo de Ramos e você sentiu medo de ver o rosto de sua mulher depois de ouvir as notícias: o resultado dos exames dele pioraram. Por enquanto, vamos tentar a ventilação mecânica não invasiva. Pelo menos hoje. Uma coisa importante é você saber que ele precisa ficar calmo. Até agora, ele parece bem calmo, mas faça de tudo para ele continuar assim. Certo, doutora, obrigado.

Talvez eu deva admitir.

Admita.

Ainda que a gente não minta, a UTI assusta.

Não fuja, Ricardo, fale com todas as letras, não seja besta.

O mais importante é que eu escreva com clareza: sinto muita vergonha de não ter encarado minha mulher no pior dia da minha internação.

Depois de algum tempo fingindo para mim mesmo que fui ao banheiro, liguei para minha mulher pelo telefone celular. Nada de chamada de vídeo. Ela atendeu com a voz firme e calma. Deu-me duas ou três notícias boas, falou que o menino estava bem, escalando as paredes, pulando no sofá e jogando videogame na hora da escola, tentando faltar a todas as aulas, e me contou que minha mãe está conseguindo se virar na medida do possível. (Desde o início da pandemia, providencio as compras de supermercado dela.) "Tudo está em ordem e você não precisa se preocupar. Também já não sinto nada, nem dor de cabeça e muito menos febre."

Minha voz continuava fraca e agora coberta de vergonha. Agradeci. Ela continuou, então, dizendo que conversara com a médica e que não lhe restava dúvida de que de hoje para amanhã vou melhorar. De hoje para amanhã você vai melhorar. De hoje para amanhã vou melhorar. Não sei quem telefonou e esse e aquele mandaram mensagem. Todo mundo está mandando as melhores forças. Melhoras.

Quando desligamos, tentei respirar fundo e tive outra crise de

De novo, foi prateada e hiperpolida. Agora, ao contrário do que acontecera antes todas as vezes, quando abri os olhos uma espécie de chapa cor de prata ficou zanzando na minha vista esquerda. Procurei me concentrar e olhei para a Velha Cloroquina. Ela estava resmungando, mas eu não podia enxergá-la. Falava algo sobre o convênio. De tão polida, a placa quase queimava minha retina. Senti uma enorme exaustão. A covid de fato acarreta cansaço. A vergonha o intensifica e o medo é o último elemento que nos deixa em estado de torpor. Como é ser sedado? Tentei, assim, dormir. Calculo que são dez horas da manhã do Domingo de Ramos.

Não me furo: procuro um estilhaço enquanto aguardo. Não sei se ando, ou relaxo e o rato vem até o meu corpo. Peço ajuda, ele me escuta e responde: "Claro!". Depois pergunta do que preciso. Digo que tenho dúvida. "Já que não sabe", o rato responde, "talvez ache que o ideal é que eu morda todo o seu corpo." Tiro a roupa e digo: é isso, aproveita! Quando me viro, já sinto o dente me roendo. Agora, a camisola. Agradeço, Deus, pela graça. O rato ataca o meu rosto. Peço: mais um pouco e ele rói meu braço. Passo-o para o pescoço e agradeço: obrigado, é isso, volte sempre, rato amigo.

Acordei ensopado e com calafrio. Sinto febre. A bandeja com a comida está na cadeira. A enfermeira me pergunta se não estou com fome.

"Que horas são?"

"Quase três."

"Não estou com fome." Estou com medo.

"O senhor tem que beber o suco, pelo menos."

Aceito e ela percebe que meu lençol e a camisola estão ensopados.

"Vamos trocar isso. Deve ser a febre."

Meu corpo treme levemente. Concentro-me nas pernas. Nada demais. Deve ser o susto.

"Daqui a pouco um fisioterapeuta vem aqui."

Posso tomar um café?

"Não sei se dá tempo."

Tempo para quê?, perguntei-me sem coragem de falar alto. Será que desistiram e vão me intubar agora? O calafrio aumenta e todo o meu corpo treme. Ela é tão ágil quanto o meu ministro da Saúde. Com cinco ou seis movimentos de braço, coloca-me na cadeira, troca tudo e logo estou de volta à cama. Um rapaz de mais ou menos trinta anos, agora com um uniforme cinzento (que eu nunca tinha visto), aparece e pergunta:

"Senhor Ricardo?"

Vou ser intubado. Preciso ver se meu celular ainda tem bateria. Minha mulher e meu filho estão em casa? Procuro esconder meus olhos lacrimejando.

"Vamos fazer uma VNI. É um pouco incômodo, mas dura só uma hora."

Então não vou ser intubado agora. Começo a toss e de novo a superfície prateada surge na

Pego o celular. Minha mulher mandou uma mensagem com uma foto dela e do meu filho. Ela sorri e tenta disfarçar da melhor forma possível os olhos empedrados. Não consigo ver o menino atrás. Continua embaçado.

"Faz assim", o fisioterapeuta explica, "usa o telefone enquanto preparo tudo."

Minha mulher pede uma foto. A máscara já está instalada. Cobre tudo, do entorno dos olhos até quase o queixo. Peço só mais um instante. O fisioterapeuta compreende. Tem prática. Faço uma foto engraçada, com aquele aparato todo no rosto, e mando com uma legenda que disfarça o meu estado: "Pareço um astronauta". Na verdade, estou para ser intubado. Se a ventilação não invasiva der errado, vai ser amanhã. De fato, passei o dia sentindo dificuldade para respirar.

Depois sinalizo e ele liga o aparelho. Um jato de ar muito forte invade meu rosto. O barulho parece um motor de avião. Fecho os olhos e tento me acostumar. O começo é horrível.

O volume de ar no meu rosto é intenso. Procuro deixar a boca aberta. Desse jeito não vou conseguir relaxar. Fecho os olhos e tento respirar, na medida do possível, dentro da normalidade. Levo um susto: passo alguns minutos até lembrar como eu respirava antes do colapso na entrada do hospital. Até hoje não sei se reaprendi. Faço fisioterapia respiratória há três meses. Comecei poucas semanas depois da alta.

Às vezes, andando, preciso me concentrar para ver se estou de fato levando ar para os pulmões. Nessas semanas todas, acordei de madrugada três ou quatro vezes também com a impressão de estar respirando errado, seja lá o que for isso. A UTI é uma experiência marcante e, pior ainda, a covid carrega uma carga social violenta. Alguma coisa errada eu fiz.

Os exercícios na fisioterapia servem para reabrir os canais de respiração e, mais ainda, refazer o ritmo e a naturalidade com que aspiro e espiro o ar. Muitas vezes me sinto confuso, o que me deixa muito abatido. Também voltei a correr. Até que meu desempenho não tem sido mau: quarenta e cinco minutos. Não meço ainda a distância. Infelizmente, esse ano não tem São Silvestre. Eu poderia tentar. A propósito, foi esse o recado que escrevi para a minha mulher logo que o fisioterapeuta retirou a máscara: sinto-me tão bem que posso até correr a São Silvestre. Ela respondeu com dois corações. Eu estava mentindo.

Não era uma mentira completa: embora não aguentasse nem me levantar, sentia algum alívio. Pedi um café para a enfermeira, que respondeu me dizendo que não poderia garantir. Perguntei então quanto estava minha saturação. Não sei como me esqueci de dizer: na UTI ela é medida com um sensor preso à orelha. Se a gente se mexe, parece que o professor está dando um puxão. Eu mereço, pensava às vezes.

"Noventa e um."

Fiquei decepcionado. Com todo aquele esforço, achei que estaria quase cem. Antes de sair, para nunca mais voltar com o meu café, a enfermeira me tranquilizou:

"Melhoras."

Pouco depois ouvi a Velha Cloroquina gritando. Ela exigia que essa mesma enfermeira lhe trouxesse, justamente, cloroquina. Tirei daí o apelido. Na primeira vez a moça respondeu que não fazia sentido. A velha insistiu:

"Por que não? Tanta gente toma. Não pedi a sua opinião, filha. Pode me trazer agora."

Amiga, o bom senso avisa: para gente como você, que não pede desculpa, tudo vira briga.

Não me diga que aí, deitado, vai bancar o valente?

A velha exige um médico e, falando sério, repete: "Você é só enfermeira, peça para alguém mais graduado falar comigo".

Caralho, aviso: cala a boca. A pessoa faz que não ouve e, de onde está deitada, de novo fala: "Exijo cloroquina".

Dei meu aviso. Agora já não suporto. Posso ser mais claro, sua trouxa: "Cala a boca". Minha voz sai rouca e a advertência parece não ter efeito.

E o que você pensa em fazer?

Já sei: vou até lá gritar na cara dela: Para de falar merda, filha da puta, tonta, sua louca.

Eu me ergo e tento ficar em pé. Os fios esticam e logo o eletrodo no meu peito se solta. A campainha enche o salão. Com muita prática, a enfermeira acha o cubículo de onde vem o problema. "Senta na cama, senhor, e se acalme."

Você nem sabe o último dia que cagou e quer fazer a revolução? Que comportamento ridículo, que palhaço, meu caro: toda essa consciência, mas quando a coisa aperta, entra no melhor hospital que pode. Você não faz ideia (nem essa velha) do que é o corredor do posto lotado. Acorda, tolo, a revolução não vai sair da sua folha. Toma um calmante, fica à toa relaxando e depois inventa um texto qualquer para salvar a sua consciência. Como todos os outros, você acha que vai mudar o mundo, mas tudo o que consegue é usar o belo convênio e ao mesmo tempo se dizer solidário. Inventa aí um narrador, tempo e espaço, e quem sabe um palco para a sua fraqueza. Não esqueça de ser engajado: é fácil quando fica internado no hospital da elite. Agora, chora? Cobra dos outros e depois vai fazer literatura? Tenta ser sincero, meu velho, e admita: sua vida é cheia de cloroquina, meu caro artista.

Apesar de ainda estar no quarto dia de UTI, a lista da vergonha já é grande. Com esse vexame, ganhou mais uma linha. Acho inclusive que o resultado dos meus exames de amanhã vai embutir essa idiotice. Não farei qualquer coisa parecida até deixar o hospital. A enfermeira, experiente e exausta, irritou-se e explicou que é preciso cuidado com os eletrodos. "São eles que monitoram suas funções vitais. E como o senhor pode ver, estamos lotados. O senhor pode causar um incidente. Se enquanto estou aqui com o senhor alguém precisar de ajuda de verdade e meus colegas estiverem por exemplo auxiliando alguém no banho, pode acontecer alguma coisa. Temos problemas demais aqui, senhor Ricardo." Quando terminou de arrumar os fios no meu peito e a saturação na orelha, que se avermelhara e estava latejando, ela fechou a cortina.

"Melhoras."

Só mais adiante vou saber o que aconteceu com a Velha Cloroquina. Aqui a pessoa fica algum tempo e, de repente, sua voz é substituída por outra. Amanhã logo cedo o meu ministro da Saúde vai explicar que ela não pode ser transferida para um quarto. O problema não é o convênio e sim o fato de os exames dela exigirem um cuidado maior. Tentando corrigir o meu desastre, enquanto ele tirava o sangue para os meus exames decisivos, disse para ela usar um quarto que estivesse destinado a mim. Sei lá que convênio a orgulhosa tinha. Ele continua: "Você também não tem um quarto, pois precisa ficar aqui para os cuidados intensivos". Quando ele terminou a frase, lembrei-me do tubo e, outra vez, tive uma crise de

As pessoas intubadas não ficam aqui. Não podemos vê-las. No entanto, dá para saber quem está indo para o procedimento. O médico avisa antes e, inclusive, há um tempo para as ligações. Nesse momento a pessoa sempre fala muito alto. É como se já se sentisse longe. O Remanso, por exemplo, pediu para falar com a neta de seis anos quando já estava sendo levado para ser intubado. "O vovô só pensa em você, minha querida." Essa frase eu ouvi perfeitamente: "O vovô só pensa em você, minha querida". A enfermeira que o transportava parou e deu uns passos para trás, talvez para o Remanso não ver que ela estava emocionada. Antes de terminar a ligação, ainda, ele falou com a filha e revelou que tem uma conta que ninguém conhecia. Passou os dados e o nome do gerente. Depois, não conseguiu mais falar.

O pessoal da enfermagem chorando, às vezes de forma quase desesperada, é corriqueiro por aqui.

Um pouco antes do jantar recebi uma longa mensagem de áudio do meu amigo Leonardo. Nas folhas em que planejei este livro, ainda durante a internação, escrevi que no Domingo de Ramos à noite eu transcreveria tudo o que ele me falou. Mudei de ideia. Prefiro guardar só para mim. Não tem nada de mais. Ele me conta o dia: ficou entre um parque, a praça onde está uma das igrejas mais tradicionais de Campinas, uma caminhada repetindo o trajeto que fizemos juntos quase todos os dias por quatro anos entre a Unicamp e um terminal de ônibus, outra praça e por fim, agora, ele está voltando para casa.

Depois, já de banho tomado e na sala do pequeno sobrado que ocupa sozinho há alguns meses, o Leo me explicou o significado do Domingo de Ramos. É nessa data que Jesus entra, montado em um pequeno jumento, em Jerusalém, saindo do Monte das Oliveiras. Ainda enquanto ouvia esse segundo recado de áudio, procurei os trechos na *Bíblia* on-line que ele me indicava e li o "Evangelho de São Marcos".

Meu avô aposentou-se do cargo de pastor presbiteriano em uma igreja, no Jardim Paulista em São Paulo, chamada justamente Jardim das Oliveiras. Depois de sua morte, fomos até lá ouvir uma pequena homenagem que a comunidade lhe fez. A voz tranquila do Leo amainou o ódio que sinto das minhas duas tias sempre que penso no meu avô. Cretinas. (Essa última ofensa coloquei agora, lá na UTI eu estava decidido, desde o vexame da Velha Cloroquina, a manter a calma.) Achei que a coincidência do local onde Jesus está hoje com o nome da igreja do meu avô talvez signifique alguma coisa. Aqui na UTI a gente se aferra a esses pequenos fiapos de esperança.

Pensei em rezar, mas logo me lembrei da imagem do Leo sentado com as mãos unidas sobre o joelho. Desisti. Esse tipo de situação forte, soturna, saturada e cheia de mistérios me deixa paralisado. Prefiro interpretá-la a fazer qualquer tentativa de repetição. Procurei me recompor quando vi que a mensagem que tinha acabado de chegar no nome da minha mulher era, na verdade, do meu filho: "Papai, podemos começar nosso jogo de PKXD amanhã?".

Se eu for intubado, não vai dar.

Não respondi desse jeito. A gente vai jogar sim, mas só se eu estiver me sentindo bem. Pedi uma foto dele escalando as paredes. Tem que ser com a mão no teto! Chegou logo, agora com uma mensagem da minha mulher: você vai melhorar sim. Eu ainda não tinha tido tempo para ficar triste. Senti um peso desagradável no peito que, se continuasse um pouco mais, me causaria outra crise de tosse.

Para me proteger, primeiro imaginei meu filho escalando a parede para fazer aquela imagem. Não foi difícil descobrir em que parte da casa os dois estavam. Fui para lá. Pedi para ele parar um pouco, o que o irritou. Vai logo, vai logo, insistia. Fiz três ou quatro fotos. Aquela com certeza era a melhor. Abri os olhos e afundei a cabeça no travesseiro do hospital.

Ele gosta de subir, mas nunca teve paciência para ficar parado lá em cima. Uma vez me disse que dói o pé. Não acreditei. Mesmo quando subia as paredes da academia de alpinismo em que começamos a levá-lo um pouco antes da pandemia, ele não sentia o menor interesse em nos olhar lá de cima. Nem as janelas, de onde poderia ver o bairro todo, o interessavam. Logo se jogava, pendurado no aparato de segurança, para buscar outro ponto de escalada.

Olhei um pouco mais a foto e vi que minha mulher havia esticado outra capa, agora um pouco menos estampada, no sofá. Além de música, ela adora todo tipo de tapete, lençol (ou de preferência colcha), toalhas de mesa e de banho e, enfim, qualquer tecido, desde que seja grande, bem-feito e não contenha nenhum tipo de retalho. No começo, a gente discutia: para que ver um filme ruim até o fim?, eu sempre queria saber. Ela não me respondia, mas insistia. Se eu não aguentasse e acabasse dormindo, no dia seguinte me contava, com certos detalhes, todo o final.

Só daqui a algumas horas vou descobrir que foi ótimo ter caído no sono com o celular no colo. Se tivesse ficado no chão, ao lado da tomada onde os enfermeiros o deixavam carregando nas últimas noites, o estrago teria sido grande.

Acho que é o mesmo rato. "Desço mais um pouco?", ouço-o perguntar. "Já roí seu pescoço." Embaixo, você acha o estômago. Não arruma desculpas, criatura cinzenta, e puna a minha fuga. Escuta o ruído: é o meu intestino. Insisto que não me abandone e que mate a sua fome com a minha vergonha. Coloque-me onde mereço. Entre com a unha e o dente. Não corra, amigo, o intestino é grande. Ande no ritmo e aproveite cada instante. Que a minha carne seja a ponte de onde você possa saltar para cá. Explora cada dobra, olha os pontos, vá de fora a fora e não perca o menor centímetro. Aproveita o maior! Isso, corra de volta para o início, deleite-se de novo em outro canto. Seu foco é o meu corpo. Se estiver escuro, afunde o focinho e ache um ninho na superfície. Saia para procurar fôlego, se tiver necessidade. Quase sempre é preciso, mas não me deixe ir, respeite quem pretende oferecer mais do que tudo o que você até hoje pôde vislumbrar.

3
PRIVILÉGIO

Olhei no relógio do celular, que tinha ficado caído na minha barriga o tempo inteiro. Dormi tão pesado que nem sequer me mexi. Os fios repuxam a pele e a gente aprende a não se mover muito. Passa um pouco das três horas da manhã. Está bastante silencioso. O Domingo de Ramos acabou. É hoje.

Um cheiro forte e próximo havia me despertado. Ouvi alguém dizer: "Puta que pariu". Naquele momento, achei que tivesse sido o Remanso. Hoje, já não me importa.

Não precisei de muito tempo para perceber que meus intestinos estavam se soltando. Tentei prendê-los. Por algum motivo, talvez fraqueza, não consegui. Eu estava, depois de quatro dias, cagando uma massa grossa, viscosa e uniforme. A quantidade que já tinha saído sujava minha camisola da bunda aos joelhos e ameaçava escorrer para o chão. Tentei me virar, mas os fios repuxaram minha pele e um dos eletrodos se soltou. Com isso a campainha indicando que havia algum problema nos meus sinais vitais foi acionada. O meu ministro da Saúde não demorou a aparecer. "Ah, não se preocupe, só um instantinho".

Senti um calafrio. Estava com febre. A merda se misturava ao suor, o que provavelmente piorava o cheiro. A vergonha me impedia, agora, de senti-lo. Eu estava prestes a desmaiar. Falta pouco para o exame que decidirá se serei ou não intubado.

O meu ministro da Saúde apareceu, acompanhado por uma auxiliar, e logo me virou. Eles puxaram a camisola, que arrastou a merda pelo resto das minhas pernas. Minha bunda ficou virada para o lado. Passaram um pano úmido pelo meu corpo algumas vezes. Logo, a sujeira toda estava recolhida em um saco de lixo. Vesti outra camisola e sentei na cadeira. Com cinco ou seis movimentos de braço, um dos dois trocou o meu lençol e levou o travesseiro. O outro me trouxe um copo de água. Para eles não parecia estar acontecendo nada de mais.

Com tudo limpo e dois ou três pacientes resmungando, meu ministro da Saúde prendeu de novo os eletrodos e o sensor da saturação. A gente dorme com ele preso na orelha durante toda a UTI. Resolvi lhe perguntar algo para ver se minha voz sairia. Ele respondeu que não poderia retirar meu sangue àquela hora porque precisava cumprir certinho os horários estabelecidos pelos médicos. Depois quis saber se eu precisava de algo e fechou a cortina. "Melhoras." Senti vontade de chorar. Se prender a respiração, vou ter agora às três e meia da manhã outra crise de tosse. Estou bastante humilhado. Não tossi.

Um médico alto e um pouco mais novo que eu apareceu para falar dos exames. Ele usava a calça do hospital (para médicos, se estou bem lembrado, é verde), um sapato meio ridículo e trazia apenas um papel nas mãos. Quando vi que não era a doutora Fernanda, percebi na hora que seria intubado. É o especialista. O rosto do médico ajudou a confirmar meu diagnóstico: fechado, não havia nenhum traço de delicadeza ou esperança. Tive outra crise de

Antes de falar qualquer coisa, o médico balançou minhas pernas em busca de algum sinal de trombose. Quem logo vai sofrer uma é o rapaz baladeiro, internado perto de mim. Depois, sem se apresentar ou falar bom-dia, ele me diz que a maior parte dos meus exames está estável e uns poucos apresentam uma leve melhora. Vamos repetir os procedimentos de ontem.

Não serei intubado, ao menos hoje.

É hora de informar ao leitor que de fato não serei intubado em momento algum. Agora, não tenho certeza disso. Terei mais vinte e quatro horas para melhorar o resultado dos exames e a saturação. "Doutor, como faço para ajudar no resultado dos meus exames? O que posso fazer hoje?"

Ele me olha de um jeito estranho. Até agora é um mistério para mim: cansaço, desprezo ou pena? Deve ser uma mistura disso tudo. O mesmo fisioterapeuta de ontem aparece, o que dá oportunidade para o médico, certamente aliviado, virar as costas. Combinam alguma coisa. O rapaz usa o uniforme cinza, correspondente à sua atividade, que lhe cai melhor que o do médico carrancudo. Também não parece de muito bom humor. "Tenho que cuidar de duas emergências e depois volto para outra sessão de VNI." Deve ser aquele jato de ar. Faço o gesto de positivo e, sem perder mais tempo comigo, ele sai.

Logo vou me acostumar com a variação de humor que divide o pessoal que está lidando com os pacientes contaminados pelo novo coronavírus. Alguns estão bastante estressados. Outros se controlam mais ou menos. Daqui até a minha alta, vou ver enfermeiras se abraçando, consolando-se e chorando, às vezes de forma quase descontrolada. Acho que amanhã ou depois um médico um pouco mais velho vai abrir a cortina, na visita que fazem à tarde apenas para ver se está tudo bem, conferir a trombose e se sentar ao pé da minha cama. Na mesma hora meus olhos ficarão marejados. Certamente, já é avô. Dá para perceber pela voz leve e os gestos amigáveis. "Rapaz, está tudo lotado", vai me dizer. "Sou cardiologista, mas quem é que tem infarto hoje em dia? Por isso vim passar a visita. Deixa eu te dizer uma coisa: a calma é importante, muito importante. Então, não olha mais notícia. Só minissérie americana no celular, por favor." Conversaremos mais um pouco. Narro depois, se me lembrar. Por enquanto preciso resolver algumas coisas, já que, ao menos hoje, não serei intubado.

Deletei as mensagens falando da minha intubação. Eram três. Para o meu filho, eu explicava que não poderia jogar PKXD por enquanto, pois precisaria ficar em silêncio por alguns dias. Minha mulher receberia uma mensagem bem mais longa e, acho agora, bastante ridícula: eu pedia que ela tivesse calma e esperança e sobretudo que prestasse atenção no menino. Enfim, o que ela já estava fazendo. Garanti, por fim, que seria forte. Talvez essa seja uma das expressões que a gente mais ouve nessas situações: força, força, força. Como se desse para escolher.

Para a minha mãe, não lembro o que escrevi. No começo, ela ficou alucinada. Chegou a pensar em enviar para o hospital, bastante elitizado, um balão de oxigênio, para o caso de faltar, como estava acontecendo em Manaus. Muito adiante, vou saber que durante minha internação, por outro lado, ela passou horas distraindo meu filho pelo WhatsApp. Quando está com ele, os dois se acalmam. Sei também que conversaram sobre a minha situação. Não foi o único assunto: ele queria saber o destino dos mortos. Segundo minha mãe, meu filho fez diversas perguntas sobre isso. Ela se recusou a me dizer quais, mesmo quando eu disse que seria para colocar neste livro. Não sei se combinaram algum segredo.

Depois, como as mensagens estavam aumentando de novo, coloquei nas redes sociais um desenho da Graúna do Henfil com a legenda otimista: "Estou vendo a esperança".

Funcionou de novo. Desta vez, os compartilhamentos foram maiores e chegaram até um torcedor do Corinthians, que me enviará daqui a alguns dias uma pequena bandeira. Pendurei no pé da cama. Veio com um bilhete com a assinatura ilegível. Não sei portanto quem foi. Agradeço por aqui.

Resolvi só então ligar para a minha mulher, que àquela altura tinha falado com o médico carrancudo. Mesmo assim continuava com os olhos empedrados. Ela disse apenas uma frase: "Viu só, daqui em diante você só vai melhorar". Fui responder e fiquei surpreso com a minha voz, que estava ainda mais fraca. Pedi para conversarmos por mensagem de texto. Meu filho então entrou no papo e me convidou para jogar PKXD. Nessa hora, uma enfermeira abriu a cortina. Precisaríamos colocar outro acesso às minhas veias, não entendi os motivos. Ficou nítido porém que eu receberia uma carga maior de remédio. Marquei para jogar com o menino às catorze horas.

Meu filho fez uma chamada de vídeo pelo WhatsApp para me explicar o funcionamento básico do PKXD. De novo, eu o enxergava embaçado. Pedi para refazermos a ligação. Não mudou nada. Aquilo começou a me angustiar. Ele percebeu e quis saber se de repente eu tinha piorado e se aquela história de não poder falar por alguns dias havia voltado. Fiquei com medo de ele achar que nossa brincadeira estava me fazendo mal. Do mesmo jeito, não tive coragem de explicar, nem para o menino e muito menos para a minha mulher, que não o conseguia enxergar direito. Então desliguei o telefone e fiz outra ligação só de voz. "Agora está funcionando melhor." Apesar de ouvir o pai falando daquele jeito debilitado, ele concordou feliz e então me explicou como a gente começa o jogo.

No geral, o menino usava meu celular para jogar com os amigos durante a quarentena. Como fui internado, ele abriu uma nova conta no aparelho da minha esposa. "Papai, consegui mudar o seu rosto e coloquei seu nome." O Ricardo Lísias que me apareceu tem uma maquiagem igual à do David Bowie e usa uma mochila. Gostei tanto que acabei tendo uma crise de

Com vergonha, desliguei fingindo que havia algum problema com a internet. Como de hábito, a tosse era prateada e hiperpolida.

Escrevendo agora, sinto vergonha dessas outras vergonhas que me impediam de dizer a verdade para a minha família. Talvez eu devesse ter contado tudo. Algum dia meu filho vai ler este livro, o que me alivia, embora não afaste a sensação de vexame: não tive coragem de dizer para uma criança o que estava de fato acontecendo e fingi que o sinal de internet do hospital não funcionava.

Esperei um tempo para voltarmos. Enquanto isso ele ficou me enviando recados de texto e mensagens de voz, meio decepcionado. Quando me livrei da tosse e me concentrei para não me emocionar com mais nada, liguei e ficamos por volta de duas horas jogando PKXD.

Trata-se de uma plataforma em que, através da realização de uma série de tarefas, a gente monta uma casa, adquire animais de estimação (que precisam ser alimentados, acariciados, banhados etc.) e convive com os outros jogadores. Para "juntar moedas", podemos recolher uma quantidade de frutinhas que ficam em uma espécie de pequena cidade, participar de uma corrida labiríntica e até entregar pizza.

As cores são berrantes e o ambiente é todo psicodélico, o que talvez deixe as crianças meio ansiosas e sobretudo vidradas no jogo. Por outro lado, há um contexto criativo que também deve atraí-las. No final das contas, acho esse jogo mais positivo do que outros também famosos hoje, como o tal Among Us, que me parece sombrio e com ar passadista. Certamente algo que atrai bastante meu filho é a possibilidade que o avatar tem de dar pulos e escalar tudo que é coisa, de árvores até casas e outras construções. É possível passar o dia pulando daqui para ali, nadando e correndo de um lado para outro.

A cidade do PKXD tem alguns pontos corriqueiros: a escola e o pet shop; e outros bastante particulares, como um tal de robozão, que até agora é meio enigmático para mim. Para seguir a tendência do momento, é possível "curtir" as casas, o que faz os jogadores se preocuparem muito com a decoração. Passamos quase o tempo inteiro estudando os movimentos e listando os recursos.

Quando uma enfermeira me trouxe café, desligamos. Antes, minha mulher pegou o telefone, disse que o menino estava bastante feliz e me mandou um beijo. "Agora, você só vai melhorar." Tive uma crise de

Metade do café caiu na camisola. De novo envergonhado, resolvi não chamar a enfermeira. Enquanto bebia o que me sobrara no copo de plástico, vi que durante a brincadeira no PKXD haviam chegado diversas mensagens de WhatsApp no grupo da escola do meu filho. Comecei a ler.

Como todas as outras escolas, a do meu filho reabriu em algum momento do começo do ano, quando o número de contaminados e o de mortos tinha baixado um pouco. A ocupação das UTIs diminuíra também. Na teoria, adotavam todas as práticas de segurança que, cheios de orgulho, os colégios de elite estavam divulgando. Meu filho retornou, junto com a maioria dos colegas da sua sala. Logo apareceram os primeiros professores contaminados e ele voltou para o ensino remoto.

Arrependo-me de tê-lo levado à escola nesse início de ano. Foi por pouco tempo, mas hoje queria ter a possibilidade de dizer que não aderi de forma alguma ao discurso da elite.

Depois de algum tempo, diversas crianças e vários pais apareceram contaminados e as aulas presenciais foram suspensas. Pelas contas, não devo ter sido contaminado nessa ciranda, pois os sintomas vieram muito depois. Na verdade, pensando hoje com distanciamento e calma, o meu único descuido foi ter aceitado uma vez almoçar nos fundos de um restaurante em que as regras de segurança não estavam sendo claramente respeitadas. Um senhor espirrou e tossiu muito próximo de mim. Foi apenas em uma ocasião.

Poucos dias depois da minha internação, uma parte dos pais começou a discutir o retorno às aulas presenciais, já que a turma parecia no geral ter se recuperado. Àquela altura o número de mortos batia recordes diários e estava na casa dos quatro mil. As UTIS, como eu via na minha frente, tinham lotado. Além disso, um dos pais do grupo corria o risco de ser intubado. No caso, eu.

Duas ou três famílias foram delicadas a ponto de perguntar o meu estado. Uma das coordenadoras também escreveu, e a professora, eu soube depois, estava mantendo contato constante com a minha mulher. Falei alguma coisa no grupo, mas logo vi que, apesar da situação descontrolada da pandemia, a decisão de boa parte era enviar os filhos para a escola o mais rápido possível. O próprio colégio começou a pressionar pelo retorno presencial, chegando a contratar uma médica que, sob pretexto de monitorar as condições de segurança, defendeu o retorno presencial em uma videoconferência para todos os pais. Eu tinha recebido alta alguns dias antes dessa reunião e me espantei com as certezas da doutora, antes de perceber que a figura desempenhava um discurso interessado. Fiz uma manifestação rápida, e ela respondeu com zombaria, dizendo que eu me baseava em um caso pessoal e particular — como se ela mesma não tivesse uma história de vida. Uma ou duas famílias a acompanharam no menosprezo.

Uma dor perfeita será publicado no primeiro semestre de 2022. Não são apenas os livros que inevitavelmente acabam datados. A vida é assim.

Talvez daqui a dez anos ele seja lido por alguém de dezoito. Pode ser que os seus pais o tenham obrigado a ir à escola durante o pior momento da pandemia. Se você tiver estudado em colégios particulares, é muito provável. O número de professores mortos não é claro e, na verdade, tanto o governo como outros grupos de poder afirmam que isso aconteceu em todas as profissões. É mentira: seus pais inventam agora que não, mas eles próprios podem ter tido a chance de trabalhar em casa. É provável que eles tivessem acesso a hospitais bem melhores que seus professores e os funcionários do excelente colégio que você frequentou. O resto é contigo.

Com a minha família, a situação demorou um pouco para se estabilizar. Minha mulher conseguiu organizar tudo no nosso pequeno núcleo. Nosso filho se distraía com isso e aquilo e a minha parte nos cuidados com a casa estava se encaminhando, com ajuda da família dela e da minha mãe que, mesmo distantes, deram um jeito de absorver algumas obrigações. Era o que eu pensava…

Muito mais tarde, ficarei sabendo que não foram poucas as dificuldades práticas. No prédio, não houve nenhuma ajuda. É um condomínio de classe média, com os moradores no geral reacionários e, inúmeros, decadentes. Ao nosso lado, mora um casal de dentistas que perdeu o trabalho durante a pandemia. Pouca gente estava disposta a cuidar de uma cárie ou de mau hálito. A simpatia com que nos tratavam logo que mudaram se transformou aos poucos em hostilidade. Sem falar no higienismo. Era só cair um pedaço de papel no corredor que a síndica, irmã da dentista, logo colava um aviso no elevador reclamando.

Por falar nisso, dois dias depois que fui internado, apareceu em dois lugares no condomínio o seguinte aviso: "Comunicamos a todos que um dos moradores está internado na UTI contaminado pelo coronavírus. Sugerimos que todos redobrem os cuidados". (Devem ter ficado sabendo ouvindo na sacada as tantas ligações que minha mulher recebia.) No caso, redobrar os cuidados significou não oferecer nenhum auxílio para a minha família. Minha mulher, que estava com uma versão leve de covid, precisou descer todo dia para levar o lixo e, periodicamente, ir buscar a comida que encomendava, já que não saía de casa para fazer compras. Pouco depois da alta, ao descer para buscar um livro na portaria, ouvirei o apelido que um dos moradores me deu: o covidão.

Como vou descrever mais adiante, começou aí a mania de quase todo mundo sair correndo quando nos vê no prédio. Mesmo os vizinhos que conversavam com o meu filho, falando algo engraçado ou fazendo aquelas brincadeiras de que as crianças tanto gostam, começaram a se distanciar. Certamente, isso aumentou ainda mais o desconforto do menino.

Foi ele, inclusive, que me contou do cartaz no elevador e das corridinhas. Quando estiver terminando este livro, vou ouvir a seguinte frase: "As crianças percebem tudo".*

---

* Li para meu filho esse fragmento e ele me pediu para corrigir o seguinte: "Na verdade um dos porteiros e um faxineiro ajudaram a mamãe. Só os dois".

Meu ministro da Saúde aparece só para me dizer que está começando o turno. São dezenove horas, portanto. Ele nota que estou tenso e se aproxima. Sem que eu tenha perguntado nada, diz que minha saturação, pelas anotações, está estável. Os outros sinais também não parecem tão ruins. Conto que tive diversos acessos de tosse. "Quer tomar um banho?", ele responde. Não entendo a conexão, mas resolvo entrar no jogo. "Olha essa moça", falo mostrando o visor do celular, "ela morreu depois de tentar atendimento em quatro hospitais públicos. Tinha dois filhos, um de três anos." A próxima resposta dele é mais coerente e o jogo acaba: "Em alguns lugares, um paciente no seu estado fica ao lado de outro intubado. Vê tudo". Ele logo se arrepende do que disse, ao notar minha ansiedade.

"Será que vou ser intubado?"

"A gente não pode responder esse tipo de pergunta, até porque essa doença é imprevisível."

A ansiedade acaba me causando

"Mas no seu caso eu apostaria que não."

Quando recobro o fôlego, ele me coloca na cadeira de rodas com cinco ou seis movimentos de braço. Rapidamente, troca o cateter por outro ligado a um balão de oxigênio que irá conosco. Hábil, controla a cadeira até o corredor, onde a médica me cumprimenta pelo nome. Sinto-me bem com isso. Parece ter o dobro da idade da doutora Fernanda e a mesma tranquilidade generosa nos olhos.

Estamos no banheiro agora. "Vou te esperar aqui. Não demora e não deixa a água muito quente", o ministro da Saúde pede depois de colocar o balão de oxigênio ao lado do chuveiro. A água bate no meu rosto. Não sinto nada de bom. Tento retirar o sabonete do plástico. Não consigo com os dedos e uso os dentes. Esse mínimo de força já me causa outro acesso de

Desisto do banho em pé e puxo uma cadeira que está ali para isso mesmo. O ideal é usar a palma das mãos como esponja. Ergo uma das pernas para limpar o pé, mas
Não consigo sequer
Meu ministro da Saúde é ligeiro e em pouco tempo estamos de volta ao meu cubículo. Repeti então a pergunta: "

Não suma, rato, continua o passeio e roa meu intestino inteiro. Corra, se estiver ansioso. Prefiro que aproveite cada canto, do umbigo ao pinto. De você, rato, só me livro quando enxergar, de longe, meu sangue invadindo os rins. Ou nem isso. Não se esconda: conta bem alto o seu segredo. "Mereço seu corpo." Repita, animal esperto: "Quero o que é meu por direito". Entendo e entrego a sua parte, mas fale mais um pouco. "Não gosto de perder tempo." Então, invade. Rasgue o que sobra do meu estômago. Não segura a vontade: na cintura, estique o rabo e chicoteie meu saco. Quem tem asco está acordado. E se houver um grito, resta alguém vivo. Termina comigo.

Acordo com a bandeja de café da manhã. O ministro da Saúde, portanto, recolheu meu sangue para os exames decisivos há algum tempo, sem que eu percebesse. A essa hora (entre oito e nove da manhã) a equipe já decidiu que não serei intubado e continuarei com a ventilação mecânica não invasiva e o corticoide. Deve ser o que tanto colocam na minha veia. Tomo todos os dias também uma injeção na barriga que serve como protetor gástrico (se eu tiver entendido direito) e monitoram a glicemia sem parar. A febre parece estar mais controlada e já não sinto aquela dor muscular desesperadora. Quando me lembro dela, um calafrio me incomoda e às vezes o eco distante da dor me assusta e dá a impressão de que pode voltar. Sentirei por muito tempo essa sensação. Nesse momento, ainda não estou desconfiando de que fiquei com problemas de memória. Vai acontecer mais adiante.

Enquanto tomo café da manhã, sinto uma falta de ar ainda maior. Deve ser a ansiedade. Ponho a bandeja de lado e tenho uma crise mais curta de

Logo, meu filho chama para entrarmos no jogo. Finjo, outra vez, que a ligação por vídeo não está funcionando. Tenho receio de que minha voz esteja ainda muito fragilizada e respondo por texto: "Me encontra no robozão". O avatar dele, que hoje está vestido com uma roupa alegre, corre para lá e me recebe com pulos bem animados. Eu me emociono e tenho outra crise de

O meu ministro da Saúde abre a cortina e faz um gesto de positivo. Confirmo. A tosse deve ter sido forte. Meu filho resolve me ensinar como ganhar moedas na *crazy run*. Deve estar com muita paciência, pois ficamos meia hora tentando.

De repente, a doutora Fernanda puxa a cortina. Ela vê que estou usando o celular e diz que volta mais tarde. "Não, não." Faço um apelo. Ela já foi. Não serei intubado, mas vou saber disso só daqui a algumas horas. Merda. Agora, nem sequer consegui ver se ela está com o rosto leve. Algo queima meu estômago. O fato de ter acabado de comer só piora tudo. Fico com medo de vomitar.

Perco a concentração no jogo e peço para desligarmos. Meu filho aceita e antes me pergunta, como se eu estivesse normalmente em casa, se pode faltar à aula on-line de matemática. Tenho outra crise de

Na UTI-covid a gente ouve o som de tosse o tempo inteiro. Às vezes, como agora, eu chegava a ficar confuso e demorava um tempo para entender se era eu ou um dos meus vizinhos.

É o Remanso. Ele vai piorar e acabará intubado. Daqui a alguns dias vou perguntar para o ministro da Saúde se o meu antigo vizinho continuava sedado. A resposta silenciosa, com o olhar longo e fundo, será suficiente. Acho que não estão autorizados a fazer mais do que isso. Antes de me enviarem para a semi-intensiva, o Remanso passou alguns dias perto de mim na UTI, depois perdeu ainda mais a saturação, foi intubado e morreu. Deixou três filhas e uma neta de seis anos. Já contei a conversa que tiveram.

Senti muita vontade de ir ao banheiro. Na mesma hora, apertei o botão para chamar alguém da enfermaria. Não quero, de jeito nenhum, repetir o incidente de dois dias atrás e acabar fazendo tudo na cama. Além disso, se for intubado, essa não pode ser uma das minhas últimas lembranças. Enquanto não vinham me ajudar, fiquei ensaiando o que falaria na ligação que todo mundo aqui faz antes de ser sedado. Para a minha mãe, eu não teria coragem e mandaria uma mensagem de áudio. Certamente, passaria a maior parte do tempo possível com a minha mulher e o meu filho no celular. O momento de desligar deve ser o pior de todos. Fiquem tranquilos, logo estarei de volta. Muitos enfermeiros pedem para não participar do transporte dos pacientes até a intubação porque não suportam essas ligações.

Durante a pandemia inteira, os enfermeiros irão trabalhar muito e acabarão chorando bastante. As jornadas serão intensas, os plantões dobrados, e às vezes eles terão que se virar em situações muito precárias. Serão vários os que perderão colegas de trabalho por causa da própria doença. Quando o conheci, meu ministro da Saúde me contou que meses antes havia passado quase três semanas na UTI.

Deu tempo de chegar ao banheiro. Quando a enfermeira me deixou de volta na cama, vi uma mensagem de texto da minha mulher no WhatsApp: "Não falei que daqui para a frente você só vai melhorar??!!".* De início, achei estranho. Logo depois, percebi o que ela estava querendo dizer: não vou ser intubado.

Enquanto eu estava no banheiro, a doutora tinha voltado. Como não me encontrou, telefonou para a minha mulher para dar a notícia. Todos os meus exames acusavam uma leve melhora, o que significa que eu estava por fim começando a reagir ao tratamento. (Na linguagem médica, se não me engano, eles preferem dizer "protocolo".) Com cuidado a doutora lembrou, na ligação, que o caminho era longo e com possíveis imprevistos. Também disse que eu devia estar me sentindo muito cansado, já que a covid mastiga os músculos do corpo, e outra vez insistiu que a calma é fundamental.

Em momento algum, os médicos haviam falado para mim ou para minha esposa sobre a intubação. Eu que inferi, já que estava vendo algumas pessoas saírem daqui direto para a sedação. Além do Remanso, vai acontecer com a Velha Cloroquina, depois de ela chorar alto por bastante tempo em uma das próximas madrugadas. O filho estava no hospital, provavelmente para ver a mãe ainda uma vez antes da sedação. Visitas não são permitidas aqui.

A médica e minha mulher na verdade acabaram desenvolvendo uma ligação. No caso da doutora Fernanda, muito desse cuidado se deve à óbvia vontade que tem de ajudar os pacientes, além é claro do desafio que a medicina significa para ela. Minha mulher, por sua vez, é sensível e percebe de

---

* Ela detesta o "pra", mesmo em mensagens rápidas, o que para mim é outro sinal de sua inclinação pela completude.

longe uma pessoa solidária (o que a faz ter também um radar bastante afiado para os mesquinhos). Se estivessem na escola juntas, seriam amigas. Hoje, dividem uma mesma preocupação e algumas responsabilidades: vamos tentar o máximo possível, eu daqui e você daí.

Esse último parágrafo foi uma das minhas primeiras anotações. Quando soube que não seria intubado, de cara tive coragem de usar meu fio de voz para convidar meu filho para jogar um pouco mais de PKXD. Depois, perguntei se o hospital não tinha um caderno para me arranjar. Trouxeram-me uma pasta com folhas de sulfite e duas canetas. A enfermeira que me entregou o material me perguntou se é verdade que sou escritor e depois quis saber se não poderíamos conversar um pouco.

Achei nas anotações, além do relato de cada um dos dias no hospital a partir de hoje e da folha avulsa a que acabei de me referir, os rascunhos de uma peça de teatro, uma página de sulfite inteira com o perfil do editor deste livro, que acredito ter sido a última coisa que escrevi antes da alta (durante a revisão ele pediu para ler, mas não achei em lugar nenhum) e, em uma brochura que improvisei nos últimos dias de hospital também, uma espécie de pequena novela que envolve minha ligação com o jogo de xadrez.

Os exercícios começaram hoje. O primeiro foi sentado, já que ainda sinto insuficiência respiratória. Um vexame: eu precisava colocar o pé no chão e erguê-lo levemente. Só com isso, tive uma crise de

Aos poucos, comecei a sair sozinho da cama, erguer o joelho, então abrir os braços para respirar fundo, e no final até fiz alguns exercícios com pequenos pesos. Depois, terei alta.

Durante uma dessas sessões, eu disse para a fisioterapeuta que estava com receio de ter perdido um pouco da memória por causa da covid.

"Também me sinto meio confuso com relação ao tempo."

"Você diz quanto ao horário, o antes e o depois, essas coisas?"

"Mais ou menos."

"É normal na UTI esse torpor, sobretudo depois desses dias todos e da tensão da covid. Mas nisso não posso ajudar: só mesmo um professor de matemática ou de xadrez."

Senti um pequeno calafrio. Alguns profissionais da saúde são meio bruxos. Resolvi não perguntar como ela adivinhou. Durante a adolescência e o início da faculdade, o xadrez foi minha principal atividade, com a leitura servindo de hobby. Depois, isso se inverteu.* Quando leu a primeira versão deste livro, o editor achou que eu me abria demais. Se é assim, vou revelar: é possível que, quando tinha dezenove ou vinte anos, ou seja, no início do meu curso de letras, eu fosse um dos enxadristas amadores mais fortes do Brasil. Tanto é que venci todos os torneios universitários em que me inscrevi na Unicamp. O Renato de Ribeirão Preto (aquele amigo que pediu demissão da escola onde dava aula porque, além de ser maltratado pelos pais, ainda teria que voltar ao trabalho presencial sem ser vacinado) pode comprovar. Depois, me enchi um pouco e deixei as competições. Até antes da covid, porém, eu era um jogador forte.

Vou procurar o meu professor de xadrez para conferir se de fato perdi algo da memória e estou mesmo com o raciocínio mais lento.

---

* Daí vem a bobagem de dizer que meus livros são cerebrais. Nem o xadrez é cerebral...

Pretendo terminar *Uma dor perfeita* justamente com as aulas de xadrez. Será um longo caminho. Quando receber alta na UTI, irei para um quarto isolado. Tanto a medicação quanto os fios (não será mais preciso monitorar minha saturação o tempo todo) estarão bem menores. Devo ficar mais uns bons dias por lá. Não terei nenhum acesso de tosse. Mesmo aqui, a propósito, eles estão diminuindo. É o quarto que a Velha Cloroquina, antes de ser intubada e acabar morrendo, tanto queria.

Sentirei ainda vergonha por ter acesso até mesmo a um banheiro exclusivo. Sem falar nos kits para banho. Pensei em fazer um conjunto de perfis de pessoas que morreram em busca de atendimento médico. Se contar apenas que não tiveram acesso a um simples balão de oxigênio, foram milhares. Só serviria para me consolar da culpa. Esse tipo de coisa não passa de consciência moral da classe alta. Chamar o presidente e seus auxiliares de genocidas é mais efetivo.

Uma semana depois da alta, farei uma nova bateria de exames. Enquanto observo meu sangue entrando nas ampolas, ficarei com saudades do meu ministro da Saúde. A fabricante de trabalhos de fim de curso também me divertia muito. Vou apresentá-la um pouco mais adiante. Levarei então esses exames a um especialista, que os elogiará por um tempo e que me pedirá para fazer sessões de fisioterapia muscular e respiratória.

Àquela altura, duas semanas depois de sair do hospital, eu ainda sentia bastante cansaço. A fisioterapia vai durar por volta de três meses, até o fim do inverno. No início, irei duas vezes por semana. Os pulmões não estarão tão ruins assim, mas os músculos da perna de fato terão enfraquecido. A covid os mastiga. Ainda em junho, voltarei a correr, sempre com bastante cuidado e algum medo. Com isso devo recuperar boa parte da minha capacidade pulmonar. Outra maneira de terminar este livro seria descrevendo minha participação na edição de 2021 da Corrida de São Silvestre, o que faria uma referência ao meu romance *Divórcio*.

Na UTI, eu escrevia no colo, com a pasta servindo de apoio para as folhas de sulfite. As anotações ficaram todas inclinadas. Mesmo assim estão organizadas. Meus dias começaram a ter uma rotina: logo cedo, anoto como dormi e qual o meu estado; depois, tomo o café da manhã, respondo às mensagens no celular e invariavelmente ligo para a minha mulher e o meu filho. A doutora então aparece e me diz que alguns exames melhoraram um pouco e outros continuam estáveis. A saturação também se mantém sem quedas. O fisioterapeuta fará mais exercícios. Por enquanto, é isso.

Depois, escrevo mais um pouco e almoço. Passo a tarde lendo e fazendo anotações. Janto, falo de novo com a minha mulher e meu filho, mando uma mensagem otimista para a minha mãe e leio até dormir.

Com uma semana de UTI, aprendo que o intervalo entre o jantar e o sono, depois das vinte e uma horas portanto, é o mais delicado para quem não consegue manter a calma. Alguns pacientes prestes a ser intubados começam a gritar. A Velha Cloroquina estava repetindo alto: "Meu Deus, meu Deus", agora há pouco. Acho que dão um calmante.

O momento que mais me impressionou ainda não aconteceu. Olhei agora na pasta: eu estava aqui havia dez dias quando internaram bem ao meu lado uma voz jovem e feminina que, desde que chegou, repetia em um tom baixo, mas suficiente para que eu ouvisse, uma única pergunta: "Onde está o meu filho?". Ouvi duas ou três enfermeiras conversando com ela. Assim que fechavam a cortina, ela recomeçava. "Onde está o meu filho?" Acho que acabou internada sem o telefone. Nessa noite, também chorei. De manhã, já não a ouvia. Pensei em perguntar para o meu ministro da Saúde o que aconteceu. Ele saiu daqui agora há pouco com minhas ampolas de sangue para os exames. Depois, fiquei com medo da resposta.

Melhoras.

Quando tinha um certo volume de anotações, digitei um resumo no celular (deu um trabalhão) e mandei para três ou quatro pessoas. Uma delas, lamentavelmente, por engano. O editor de *Uma dor perfeita* foi o primeiro a responder: "Acho que tem um livro aí". Fiquei animado e resolvi organizar as coisas. Até agora minha maior dificuldade é a forma como devo lidar com o presidente da República e seus asseclas. Nada funciona bem.

A noite em que, depois da ideia do Marcelo, comecei a pensar concretamente em um livro foi agradável. Eu já tinha evoluído bastante no PKXD e consegui ficar um tempão brincando com o meu filho de pega-pega no cenário que estávamos decorando. Acho que de repente amanhã consigo enxergá-lo melhor no WhatsApp. Depois, meu ministro da Saúde trouxe o jantar e perguntei se ele lembrava o impressionante jogo Brasil × Holanda na Copa do Mundo de 1994. A partida estava empatada até que o lateral Branco, em uma falta de longa distância, deu um chute certeiro e fortíssimo e nós vencemos. Nunca esqueci esse jogo, como aliás aquela Copa inteira.

Eu me sentia muito sozinho em 1994. Tinha terminado o ensino médio no ano anterior e acabei entrando na faculdade em um curso que me desagradara bastante. Desisti em duas semanas e passei o resto do tempo em casa, estudando sozinho para os vestibulares do final do ano. Por causa disso, limitei bastante minha participação nos torneios de xadrez, embora não os tenha abandonado completamente. Acho que a Copa foi meu único descanso. Solidão só dá certo se for bem planejada.

Sempre associei o Marcelo a um quarto-zagueiro ou um lateral muito eficiente. Na primeira leitura que fez de *Uma dor perfeita*, ele quis ser comparado a Darío Pereyra. Pode até ser, mas assim que deu a ideia do livro, lembrei-me da Copa de 1994 e do lateral Branco.

O meu ministro da Saúde voltou e mostrei no YouTube os gols contra a Holanda. Aos poucos ele foi se lembrando: estava no começo da faculdade, o que significa que temos, como eu suspeitava, idades parecidas. Alguém começou a gritar e ele saiu. Assisto em seguida a três vídeos resumindo os jogos finais, até a última vitória, por pênaltis, contra a Itália.

Pela primeira vez, não me senti tão mal na UTI.

4
HISTÓRIA

A final entre Brasil e Itália acabou me levando a 1982, quando eu tinha sete anos. Já deve ser meia-noite. Logo, vão apagar a luz. Se for escrever algo, preciso correr.

Naquela época, tínhamos apenas um sofá. Morávamos na Cohab I, zona leste de São Paulo. Como meu pai adorava assistir à televisão deitado, sobrava pouquíssimo espaço. Durante a semana, não o via. Aos sábados, ele acordava depois do almoço. Percebo agora que não tenho na lembrança nenhuma imagem do meu pai tomando café da manhã. Ele se esticava no sofá por volta das catorze horas e só saía quando eu já estava dormindo.

No dia do jogo entre o Brasil e a Itália na Copa de 1982, meu pai não se deitou. Achei esquisito. Como ficou sentado, precisei esticar o braço esquerdo para sentir o tronco dele. Quando cruzou a perna, na hora em que chegou a pipoca, nossas duas pernas se encostaram. "Hoje vai ser um dia inesquecível na sua vida, filho." Ele estava emocionado.

"Olha o Sócrates", meu pai exclamou quando mostravam a Seleção na tela. "Vai ser um massacre." Eu estava vestindo uma camiseta da Democracia Corinthiana. Ele nunca me explicou direito do que se tratava, mas além do uniforme tinha me trazido um pôster. "Nenhum time fez isso!"

A pipoca acabou rápido. Naquele dia, meu pai quis dividir algumas coisas comigo. Os noventa minutos do jogo entre Brasil e Itália, no estádio espanhol do Sarriá em 1982, foram os únicos em que de fato tive um pai. "Precisamos só de um empate, meu filho, mas acho que vai ser 4 a 1." Tentei encostar a mão esquerda naquele braço enorme, mas ele afastou. Hoje ele não está querendo se deitar: vamos ver o jogo sentados um do lado do outro. Perguntei se Chulapa é o sobrenome do Serginho, que meu pai adorava. Ele não respondeu.

Lembro-me da televisão enorme. Como tinha o nome sujo, meu pai não podia comprar nada à prestação. Quem a trouxe foi minha avó. "Tem garantia até a próxima Copa", me disse quando elogiei a imagem. Meu pai gostava de assistir a todo tipo de programa, menos os telejornais. O comício pelas Diretas Já, na praça da Sé, não passou direito, não perdi nada. Mas quando Tancredo morreu, queria ter assistido ao *Jornal Nacional*. O anúncio da morte de Carlos Drummond de Andrade, com o apresentador em pé, eu vi.

Paolo Rossi fez o primeiro gol. Meu pai ergueu o punho como se estivesse comemorando. "Eu não falei, vai ser 4 a 1." Na hora em que se acalmou, colocou a mão no meu joelho. Será que ele queria conferir a trombose?

Se me concentrar, acho que ainda consigo sentir o peso dos dedos dele na minha pele. "Coitados, os italianos têm esperança." Nesse momento, apareceu o rosto de Telê Santana na tela. Meu pai, então, falou outra frase que não esqueço: "Esse cara tem honra".

O capitão Sócrates empatou logo depois. Meu pai comemorou o gol em pé. "Eu não te falei, filho?" Como não sabia o que fazer, também levantei.

"Telê Santana, sim, sabe o que é jogar futebol. Imagina se ele escalaria um bandido", meu pai me explicou quando Paolo Rossi apareceu na tela. Bem que o Telê podia vir para o timão. Não entendi nada. Resolvi não perguntar por que ele tinha outra vez colocado a mão direita na minha perna.

Se virar para falar comigo, talvez mude a posição do corpo. Aí acabo tendo uma trombose.

Acho que meu pai ficou com vergonha quando Paolo Rossi fez o segundo gol. "Vai para lá que eu quero deitar." Sentei-me no canto do sofá e vi que ele tinha encostado os pés no meu cotovelo. Vou ficar quietinho aqui.

Não lembro o que fizemos no intervalo. Quando começou o segundo tempo, meu pai estava completamente esticado no sofá, com os pés encostados em mim. Não vou me mexer.

O silêncio era o único traço elegante da personalidade dele. Quando Falcão empatou o jogo, meu pai sorriu. Um golaço. Olhei para ele e pensei em perguntar o que poderia acontecer. O empate favorece o Brasil, o locutor se adiantou. Fiquei algum tempo calado e quis, então, saber por quê. A Itália quase fez um gol. Meu pai estava esticado no sofá e me deu uma pernada. "Cala a boca, quero ouvir a televisão."

O terceiro gol de Paolo Rossi é uma lembrança nebulosa. "Um bandido", meu pai repetiu. Com medo de levar outra pernada, afastei-me ainda mais e fiquei colado à parede. Um pouquinho antes do final, um jogador brasileiro cabeceia e o fantástico Dino Zoff, o goleiro da Itália, defende. O jogo acaba.

Meu pai se levanta. Como não sei o que dizer, levanto também. Ele passa por mim em silêncio. Tenho agora uma lembrança auditiva: não há nenhum barulho. Eu sentiria a dor perfeita, que me ensurdeceu, quase quarenta anos depois. Desligo o celular com o compacto do jogo de 1982 e logo durmo. Às cinco da manhã vão tirar meu sangue, preciso descansar. A essa altura da internação, recolhem uma quantidade menor. Mesmo assim, incomoda.

Não justifique, rato, e nem pense: roa e se mova. Povoa meu corpo com a sua saliva. Morda, não corra. Exija, então, o que é seu. Escraviza. Não esconde o desejo: aproveita a noite sem medo. Faz um corte do queixo ao meio. Aguardo o estrago. Quer ouvir uma palavra burra? Suja. Espere, não fique no éter: pede e eu te guio pelo meu corpo todo. Explico o melhor lado. Paro e, rato, esclareço qualquer dúvida. Meu órgão é o seu mato. Cada vez que sinto você me corroendo, rato, acho que a cidade está muda, só que acabo rindo. Tenha paciência e termine com isso, meu amigo. Chove na cidade, diz um homem. É tudo claro na sua presença, rato, meu caro.

A última crise de tosse prateada e verdadeiramente hiperpolida que tive foi causada por uma enfermeira. A doutora Fernanda já havia feito a visita e, como sempre, disse que meus exames apresentavam uma leve melhora. A saturação estava boa e naquele dia a gente começaria a retirar o cateter. O procedimento se chama "desmame". O nome é outro motivo para deixar o paciente vermelho. Eu estava tentando me lembrar das pessoas que tinham passado por aqui nesse tempo todo: a Velha Cloroquina e o Remanso morreram; o baladeiro continuava ao meu lado (a trombose será amanhã); a moça que só falava do filho chega hoje e a lista continua. De repente, ouvi uma enfermeira explicando para uma colega como é que, com cinco anos de formada apenas, ela já tinha uma casa própria e até um carro quitado.

"É um celtinha, querida, mas é todo meu. E outra coisa: meu apartamento tem dois quartos, e um deles é o meu escritório. E a faculdade da minha namorada está em dia!"

Essa enfermeira, aliás, tinha me perguntado se sou mesmo escritor e se a gente podia conversar. Ela estava brava, pois um de seus clientes não queria pagar o que lhe devia:

"Não prometo nota e muito menos que o cara não vai ter crítica na apresentação. Mas nunca um trabalho meu foi reprovado. Agora o safado não quer me pagar a outra metade só porque o professor disse que faltava umas coisas. Ele foi aprovado, ué. Sem-vergonha. Compra um trabalho e ainda quer tirar dez!"

"E quanto ele te deve?"

"Quinhentos. Para trabalho de conclusão de curso eu cobro mil. Quinhentos antes e quinhentos depois. No começo eu pedia dois cheques e segurava um, mas agora ninguém mais tem cheque."

Tive uma crise de risada ouvindo a conversa. Como me esforcei com a gargalhada, comecei a

Ela percebeu e esperou passar.

"Escuta, escritor, você não quer fazer negócio comigo?"

"Eu acho que não estou muito bem."

"Que nada, logo você vai embora." Essa última frase, ela falou baixinho. Enfermeiros não podem fazer esse tipo de prognóstico, ainda mais na UTI-covid. É uma doença imprevisível.

"Eu não entendo nada da área da saúde."

"Mas o conteúdo é comigo."

"E qual vai ser a minha parte?"

"Você vai melhorar a minha redação. Só uma revisada. Às vezes eu erro umas coisas."

"E por que você não aprende?"

"Não tenho mais idade para isso."

"É fácil."

"Saio daqui esgotada, não tenho cabeça para pensar em crase, nesses negócios. Os TCCs eu faço no automático. Tenho um arquivo. Eu vendo o mesmo pra vários, é só prestar atenção para não mandar dois iguais para a mesma faculdade."

Tive outra crise de risada, dessa vez sem tosse. Estou sarando mesmo. A enfermeira me acompanhou na gargalhada, mas acabou saindo para uma emergência.

"Depois eu volto aqui. Melhoras."

Não lembro quanto tempo ela demorou para voltar. Quando puxou a cortina, estava com os olhos marejados e tinha perdido a empolgação. A desculpa para aparecer era levar a bandeja de café da manhã.

"Melhorou um pouco, escritor? Covid é assim. Vai devagar."

"Espero que esteja tudo bem."

"Tudo. Só a mesma coisa. Pensou na minha proposta?"

"Eu não posso. Vou escrever um livro sobre a gente aqui."

Ela parou e me olhou com os olhos arregalados. Com isso, as últimas lágrimas caíram.

"Fala de mim."

Algumas pessoas ficam desesperadas para jamais se verem em um livro. Outras pedem insistentemente. Depois, quando o livro sai, todo mundo se reconhece em todas as personagens.

"O que você quer que eu fale?"

"Fala que agora na Faculdade de Enfermagem tem que ter uma disciplina para ensinar a abraçar."

Como iria começar a chorar de novo, a fabricante de TCC saiu.

"Melhoras."

De noite, perguntei para o meu ministro da Saúde o que ela estava querendo dizer com aquela história.

"A covid mudou algumas coisas. Antes, os pacientes que iam ser intubados estavam inconscientes, ou quase. A pessoa nem sabia direito. Não via nada. Agora, a gente avisa: 'Senhor

Remanso, precisaremos intubar o senhor para melhorar a oxigenação. Não vai doer. É como se o senhor dormisse'. O paciente sabe exatamente o que está acontecendo. Ele telefona para a família. A gente ouve. Depois, antes da sedação, ele pede para nos abraçar. Como não pode receber visitas e não tem mais ninguém perto, muitos pedem para nos abraçar. É foda."

A fabricante de TCC é um tipo fundamental em uma UTI, ainda mais no caso da covid. Inusitada, anima qualquer ambiente. Além disso, desde a primeira gargalhada que dei com as histórias dela, comecei a ficar ansioso para vê-la. O acesso às minhas veias estava ficando cada vez mais difícil. Do antebraço, os enfermeiros passaram a tentar as minhas mãos. Hoje, dei a sorte de ser ela. Com cinco ou seis gestos e nenhum erro, o acesso encontrou fácil a veia. Eu a parabenizei e ouvi uma resposta intrigante:

"Sapatonas fazem isso melhor que ninguém. Eu não erro uma."

Pensei em pedir para ela falar mais sobre isso, mas não tive tempo.

"Colega, me explica em cinco minutos esse negócio de crase."

Peguei uma folha e comecei com os substantivos masculinos e femininos.

"Isso eu sei. Quero um segredo para não errar mais."

Falei então da regrinha de achar "ao" ou "a", depois da troca do substantivo feminino por um masculino. Ela repetiu alto três exemplos e concluiu que já sabia.

"É baba."

"E o que você quer estudar amanhã?" Fiquei animado e achei que devia até preparar aula.

"Amanhá é minha folga, colega. Vou aproveitar para revisar umas coisas e para enviar uns trabalhos".
"Você só faz TCC?"
"Que nada, faço monografia de disciplina também. Cobro quinhentos. O mercado está bem aquecido."

Tive outra crise de risada. Ela me olhou de um jeito superior, fez o gesto de positivo com o polegar e agradeceu a aula. Tive um susto quando notei que, outra vez, não tossira ao rir. Na verdade, fazia dois dias que eu não sentia o menor sinal de tosse. Pelas minhas anotações, eu já tinha passado cinco dias sem febre. Com isso, aproveitei para preparar uma pequena aula sobre "a" com "h" e "a" sem "h".

Melhoras.

Fiquei tão animado que chamei pelo WhatsApp meu filho para jogar PKXD.

Nem todo ambiente hospitalar é pesado. Os exemplos são óbvios demais para listá-los. A UTI, por outro lado, deve ser o pior de todos. Sobretudo no caso dos pacientes de covid: todo mundo aqui sabe muito bem o que pode acontecer. Se não melhorarmos, seremos intubados. Daí em diante a sedação me impede de tentar uma narrativa. Não vou desrespeitar o Remanso, por exemplo, e criar algum tipo de imaginário do que pudesse porventura estar lhe passando pela cabeça no tempo em que ele sobreviveu intubado. A Velha Cloroquina, nem se fala: tenho vergonha até de ter posto esse apelido. Recuso-me, do mesmo jeito, a inventar o que pode estar acontecendo nos hospitais sem recursos e superlotados. Não tenho esse direito.

A UTI-covid está impregnada de morte. Se não é uma voz que desaparece, são enfermeiros e fisioterapeutas chorando. A gente então já sabe o que houve. Depois, as notícias diárias: nova diatribe do governo brasileiro com a China atrasa a importação de insumos para a Coronavac. Enquanto isso falecem não sei quantos mil brasileiros. Tenho essa anotação em uma das folhas.

Melhoras.

Pedem-nos calma e sossego o tempo todo. Mas os próprios profissionais estão estressados. Lembro-me de um incidente que aconteceu quando eu já estava na semi-intensiva, perto da alta. Como tinha melhorado, deixei de me preocupar com os fios que me ligavam ao aparelho e me mexi de forma meio brusca. Na mesma hora uma campainha tocou e uma enfermeira veio correndo. Ela abriu a porta e exclamou: "O senhor está tendo uma parada. É uma parada, é uma parada!". Percebi o que tinha acontecido e expliquei: "Não, o fio saiu do lugar, é só isso, desculpe". Tenho certeza de que estava relendo *À sombra das raparigas em flor*. "É uma parada, olha aqui, é uma parada!", ela repete, tremendo e apontando para o aparelho. Não consegue se mover. "Não é", insisti. Logo veio outra enfermeira que apertou um botão e fez a campainha sumir. Pedi desculpas. A primeira enfermeira começou a chorar. A outra, discretamente, levou a colega para fora. Três minutos depois, apareceu um médico. Jovem, meio careca e com cara de esperto. "Eu sou anestesista e só anestesistas sabem mexer nessas máquinas direito." Sem olhar para mim, aperta alguns botões, vira-se e apalpa os eletrodos no meu peito de forma descuidada. Já na porta, sem nem se virar, fala literalmente: "O ideal era anestesiar todas essas enfermeiras. Aliás, nós médicos também. Todo mundo aqui".

Como é típico da minha classe social e da cor da minha pele, a morte nunca se aproximou muito de mim. Não tenho mais avós, é verdade, mas todos se foram de forma mais ou menos distante.

A mãe do meu pai morreu em 11 de setembro de 2001. Bin Laden tinha acabado de derrubar as Torres Gêmeas quando o telefone tocou. Meus olhos estavam pregados na televisão. Minha irmã, que naquela noite tinha dado plantão no hospital onde minha avó ficara internada, avisou sem muita surpresa. A gente já esperava. Dois meses antes, eu estava na Austrália e recebi um e-mail dela: "Ricardo, acho que a vó Julia não tem mais muito tempo". "É melhor voltar?" "Não precisa." Fiquei o resto de julho em Sydney e cheguei a conhecer uma parte do deserto. Dizem que o caminho até Alice Springs é cheio de psicopatas.

Segundo o atestado de óbito, minha avó morreu dezoito minutos depois de Bin Laden derrubar o World Trade Center. Eu tinha passado cinco anos sem ver meu pai. No velório, ele parecia meio curvado. Aquela barriga não existia na Copa do Mundo de 1982. As pálpebras dele pareciam frouxas. Fiquei de um lado e ele acenou do outro canto do salão. Não conversamos.

Meus avós paternos faleceram com um mês de diferença de um para outro, no final de 2013. O Brasil consolidava sua caminhada rumo à catástrofe. Minha avó tinha vivido um longo processo de afastamento da realidade por causa do Alzheimer. Meu avô, que ficou lúcido até o final, aos poucos teve sua autonomia retirada por duas das filhas, enquanto minha mãe tentava de alguma forma preservar as coisas dele. Minhas tias quiseram envolver os netos no que chamavam de "cuidados necessários". Desde o início me distanciei, tentando apenas proteger minha mãe. Obviamente, há bastante de egoísmo da minha parte nisso, mas aqui na UTI temos que ter apenas sentimentos positivos.

No final, depois que tiraram dos pais até a casa, internando-os em um asilo para idosos longe de onde eles sempre viveram, minhas tias puderam ter o prazer de organizar os velórios. Não compareci, fiel à decisão de não participar de nada daquilo.

Meu pai foi embora em 1985, quando eu tinha dez anos. Na verdade, eu e ele perdemos o contato afetivo quando a Itália derrotou o Brasil na Copa da Espanha, três anos antes. Nenhum dos dois tentou se reaproximar. Fui visitá-lo algumas vezes, quando ele ainda vivia com a minha avó. Depois, comecei a jogar xadrez, entrei na faculdade e desapareci.

Em 2006, cruzei com meu pai. Eu estava afoito porque embarcaria para Buenos Aires naquela noite mesmo e precisava de uma mochila nova. Entrei correndo no metrô e ele estava sentado em frente à porta. Meu pai franziu a testa e abriu bem os olhos. Levei um susto e voltei para trás. A campainha tocou quando ele segurou no apoio para levantar. Fiquei na plataforma e o trem saiu. Decidi tomar o trem seguinte do outro lado da estação. Ele morreu uns oito ou dez anos depois, não sei bem.

A morte apareceu clara e inequívoca para mim sem nenhuma identidade definida, dentro de um hospital para pessoas privilegiadas, através de vozes distantes e entrecortadas por crises de tosse e do choro de enfermeiros estressados. O que desde então mais me lembra da morte é o sentimento de vergonha que eu, desde o início deste livro, repito e repiso sem conseguir expressá-lo direito e muito menos largar dele.

Eu e meu filho tínhamos combinado de arrecadar as moedas que ainda faltavam para comprarmos uma casa de quarenta mil. Antes de abrirmos o PKXD, enquanto eu falava com ele, minha mulher apareceu de surpresa no WhatsApp. Fiquei chateado. Como era final do dia, eu já estava muito cansado e minha voz se debilitara bastante. Meu filho não prestava muita atenção.

Engano meu: há alguns dias ele disse, mostrando que tem boa memória e se preocupa, que minha voz só melhorou de verdade quando voltei para casa. Ele sabe até hoje o dia exato em que tive alta. Também tem na cabeça a situação da vacina de cada um dos idosos da família.

Minha mulher continuava com os olhos empedrados, mas parecia um pouco mais animada. Perguntei logo se ela tinha ficado sabendo alguma coisa sobre a minha situação. "Calma, você não pode ficar ansioso." Acho que eu já estava há duas semanas na UTI. Não sentia mais nada. Nem tosse tinha.

No entanto, quando precisava sair da cama, conseguia ficar pouquíssimo tempo em pé sem perder o ar. A fisioterapia envolvia exercícios respiratórios sem caminhar, até porque, além do meu cansaço, não cabia mais quase nada no meu ambiente da UTI. O banho continuava sendo um peso. No geral, eu não aguentava mais do que dois ou três minutos em pé embaixo da água. Tenho vergonha de dizer o que era preciso para usar a privada. O cateter, retiraram ontem. Já passei uma noite completa sem ar externo, portanto.

Meu filho pediu para me ver e então trocamos a ligação de áudio para vídeo. Ele ainda me aparecia borrado, mas eu já conseguia distinguir suas feições. "Penteia o cabelo, papai!" Fiquei feliz, pois percebi que ele falava rindo. "Vamos voltar para o jogo", respondi, "pois ainda precisamos de quatrocentas moedas." Logo que conseguimos, meu jantar chegou. A gente se despediu planejando inaugurar a casa em breve.

Meu ministro da Saúde acenou de longe e fez o gesto de positivo.

Por que será?

Comecei a achar que todos sabiam de alguma coisa, menos eu: minha mulher estava animada, meu filho ria, o ministro da Saúde enviou um sinal de ânimo. Quero muito ir embora, mas não consigo parar em pé e respirar ao mesmo tempo. Tentei me lembrar o que a doutora Fernanda havia me dito no final da manhã, mas não teve jeito. Fiquei aborrecido: "Será que, além das pernas, o coronavírus atacou minha cabeça?". Quando foi responder essa pergunta, minha mulher mandou algumas risadas e dois corações.

Não se contente com pouco: torne-me um coto, seu porco. Chegue ao fundo da ojeriza, mergulhe no repugnante, curta o nojo, abrace um refugo, isso: chafurda no lixo, rato. Venha para os braços e aumenta o estrago. Aproveita até o osso, não inventa de desistir, sou um poço, animal imundo. Um rato que rói a costela de um homem não quer guerra, sofre apenas para achar espaço para o segundo repasto. E quando estiver nos dedos, esprema até o fim. Aí, cheire as unhas como se fossem as suas. No final, vire o focinho e me diga: "E agora, artista, como vai fazer o seu trabalho? Ele não vale o ar que um rato respira". Afunda no seu hospedeiro, destrua: não fuja!

Acordei antes do ministro da Saúde abrir a cortina para tirar o meu sangue. Ainda não eram cinco da manhã. Eu tinha suado um pouco durante a noite. Nada, porém, que se parecesse com os primeiros dias. Acho que não precisava nem trocar a camisola. Sem falar no cateter de oxigênio. Nem lembro como funciona. Quando o ministro apareceu, perguntei se algo na minha situação tinha mudado. Às vezes, ele olhava as horas no celular e o relógio parecia ter se acelerado.

"Sei que estou melhorando, mas não entendo o tratamento. Não tenho febre e dor há vários dias. Eu já não podia estar em casa?"

"Com certeza os médicos estão prestando atenção nos seus exames. Mas não é só isso: você não consegue tomar banho direito ainda. Mesmo andar um pouco para você é difícil. Vai melhorar. Se a gente se apressa agora, corre o risco de acontecer alguma coisa na sua casa. A gente não trabalha desse jeito."

"Nem dá para fazer uma estimativa?"

"A covid é imprevisível. Seus músculos foram mastigados pelo vírus. Pô, você não gosta da nossa companhia?"

Fiquei sem graça e tentei explicar que não era nada daquilo. Ele riu.

"Sem brincadeira, eu sei que é muito ruim, ainda mais desse jeito, consciente e sem receber visita, mas você precisa ter paciência."

Acabei cochilando um pouco até aparecer o café da manhã. A enfermeira me deixou a bandeja e perguntou o que tinha acontecido com a minha boca.

"Tem alguma coisa?", perguntei surpreso e contrariado.

"Acho que é herpes."

Acionei a câmera do celular e vi que o lado direito da minha boca está quase todo contornado por uma ferida. Apareceu durante a noite. Nesse momento meu filho mandou uma mensagem de áudio: "Papai, vamos inaugurar nossa casa hoje às seis da tarde. Já fiz os convites. Estou colocando os móveis. Não esquece".

A doutora Fernanda apareceu com os olhos carregados e os movimentos um pouco mais pesados. Não tive tempo, porém, de achar que o problema era comigo.

"Seus exames continuam melhorando. A saturação, pelo que estou vendo, também se mantém alta. Estou muito feliz com a sua evolução."

"Então a sua preocupação não é comigo, doutora?"

A médica pareceu espantada com a pergunta. Quando virou para me olhar, depois de ter se certificado de que não havia sinal de trombose nas minhas pernas, achei que ela acabaria chorando. Da equipe que cuida do meu caso, é a mais jovem. Mesmo assim, tem experiência: para que eu não notasse nada, saiu do meu campo de visão e ficou alguns momentos olhando o aparelho. Quando se recobrou, sentiu-se à vontade para me explicar:

"Aqui alguns dias são piores que os outros. Está ficando cheio de novo. E a gente nunca gosta quando um paciente tem uma piora. Talvez um escritor possa explicar isso melhor do que eu".

Em momento algum eu disse para a doutora Fernanda que escrevo livros. Agora, o surpreendido fui eu.

"A gente não pode fazer muita coisa. Também deu tudo errado para a literatura, doutora."

"Antes eu lia mais. Nas minhas férias vou pegar alguma coisa."

"Está longe?"

"Um pouco. Nem sei."

Talvez incomodada com a conversa, a doutora quis sair. Pedi mais um instante.

"Doutora, vou continuar aqui por muito tempo ainda?"

"A covid é imprevisível. Mas você melhora a cada dia. Vou conversar com a fisioterapia. Eu acho que não, mas fica calmo. A sua mulher me disse que você é muito calmo. Continua assim."

A fabricante de TCC estava do lado de trás da cortina e ouviu a última parte da conversa. Logo que a doutora saiu, ela entrou com o acesso para o monte de remédios da manhã.

"Nos seus livros, você não parece tão calmo como aqui internado."

Pronto, logo vi que estava amanhecendo o dia das surpresas.

"Você leu?"

"Comprei *O céu dos suicidas* e tem umas pessoas aqui que leram o *Divórcio*. Esse é famoso. Tem muito grito, eu achei. Parece que você está o tempo inteiro falando em voz alta. Não parece você."

Eu ainda estava pensando no que dizer (provavelmente a resposta-padrão) quando um fisioterapeuta apareceu. A fabricante de TCC se despediu, ela sim, com a resposta-padrão: "Melhoras", e disse que tentaria voltar. O rapaz se apresentou e elogiou minha saturação.

"Há quanto tempo você está sem o cateter?"

"Não lembro. Uns três ou quatro dias."

Era a primeira vez que ele aparecia para me acompanhar. Forte e com o rosto carrancudo, demonstrava certa determinação e parecia ter todo o trabalho ensaiado. Quando ouviu meus pulmões, o rosto se desanuviou um pouco.

"Estão limpos. Como têm sido os banhos?"

Respondi, talvez valorizando um pouco a minha performance com a água quente e o sabonete. Farei isso o tempo inteiro daqui em diante.

"Vamos testar alguns exercícios em pé?" Ele se afastou um pouco, colocando-se na linha da cortina, que o cobriu na parte das costas. Lembrei-me de um desenho animado e tive vontade de rir. Consegui segurar, mas senti uma leve tontura. O fisioterapeuta deu dois passos e me amparou com as mãos embaixo dos meus ombros. Forcei as pernas no chão. Elas estalaram e ameaçaram se dobrar.

"Não dá?", ele quis saber, logo insistindo: "Respira fundo". Não é o tipo que desiste fácil dos pacientes. Uma campainha então tocou e notei um movimento rápido de muita gente no corredor em direção a um dos cubículos perto da saída que dá para o banheiro. Alguém está morrendo.

O fisioterapeuta respirou fundo e, com cinco ou seis gestos, me colocou de volta na cama.

"Um momento, por favor", disse já na porta, de novo bastante carrancudo, e saiu correndo.

Sentei na cama e abri a pasta com as minhas anotações. Escrevi a hora que a campainha tocou, os diálogos desse fragmento e do anterior e algumas hipóteses do que poderia estar acontecendo. Por fim, essa listinha:

– não tossi;
– não consegui ficar em pé sozinho;
– não falei a verdade sobre o banho;
– não tive dor nas pernas;
– não perdi o fôlego.

O fisioterapeuta voltou algum tempo depois, com a cara bem mais fechada.

"Quer tentar?"

Confirmei que sim e de novo ele se colocou na linha da cortina. Tentei ser simpático:

"O hospital está ficando lotado de novo?"

"É melhor você se concentrar na sua respiração. Falar atrapalha."

Fiz o resto dos exercícios quieto. Pelo que entendi, não fui mal.

"Ótimo, vou ver se algum colega retorna à tardinha, só para alguns exercícios leves. Melhoras."

Consegui voltar para a cama sozinho, exausto e feliz. Abri o celular e caí na besteira de olhar as notícias. Havia um alarido sobre uma suposta crise entre o presidente e os militares. Pelo que entendi, os comandantes das três forças estariam se rebelando, segundo essa e aquela manchete. Escrevi nas minhas folhas: no final dessa crise fajuta pode acontecer qualquer coisa que nada vai mudar.

A fisioterapeuta apareceu antes do horário em que eu e meu filho inauguraríamos nossa nova casa no PKXD. Fiquei aliviado. Ela me ajudou a levantar e ouviu meu pulmão com cuidado. Estava com o rosto fechado, como todo mundo naquele dia no hospital, e parecia cansada. Perguntou-me se eu estava fazendo a posição de prona.[*]

"Hoje acho que mais de uma hora."

"Ótimo. O pulmão está bom. Olha que foi muito afetado."

"Já não sinto dor nenhuma, nem febre. Não tusso há bastante tempo. Mereço uma cervejinha."

"Eu também! Imagino que o senhor se sinta cansado."

---

[*] A partir de certo momento do tratamento contra a covid, os fisioterapeutas pedem repetidamente que os pacientes passem o máximo de tempo possível na posição de prona: deitado de bruços, com os braços esticados acima do corpo. Ajuda na recuperação dos pulmões.

"De vez em quando", menti. Umas duas horas antes eu tinha precisado usar a privada. Foi difícil. Quando dei a descarga, fiquei ofegante. Para a enfermeira que havia me levado não perceber, esperei um pouco para sair. A diferença é que agora eu recobrava o fôlego mais rápido.

"O principal trabalho do senhor daqui em diante vai ser com a fisioterapia."

"Por quanto tempo?"

"A gente nunca sabe. A covid é uma doença imprevisível. Acho que alguns meses."

Senti uma gastura no estômago e minha vista escureceu rapidamente. Fiquei esperando a superfície prateada e hiperpolida, que não apareceu.

"Aqui no hospital?"

"Não, imagina. Depois da alta, o ideal é que o senhor procure alguém."

"Será que ainda demora?"

"Essas coisas só os médicos podem dizer. O senhor precisa ter paciência. A covid é imprevisível."

Depois, ajudou-me a voltar para a cama e me desejou melhoras, elogiando os exercícios que eu tinha feito. No telefone, meu filho me chamava para a inauguração. Recusei a ligação por vídeo. Eu não queria que me vissem com a herpes.

A inauguração foi um sucesso. Meu filho tinha entrado na minha conta do PKXD várias vezes para preparar a casa. Quando acessei no horário combinado, meu avatar estava com roupa de gala. O menino esperava a partir da outra conta com um traje mais leve, dando alguns pulos. A frente da casa estava enfeitada com um balão enorme. Logo na entrada, o primeiro cômodo tinha papéis de parede coloridos e um espaço para animais de estimação. Meu filho sempre gostou deles. Quando nasceu, eu tinha dois gatos que estavam comigo havia uns bons oito ou dez anos. O maior, Salomão, ajudou-o a andar pela primeira vez. Acho que o menino tinha onze meses. De repente, no meio da sala, apoiou-se no dorso do gato, que estava sentado, e levantou-se na hora para caminhar três passos, com o animal indo atento e protetor ao seu lado, até chegar ao rack e se segurar de novo. Salomão morreu (de velho mesmo) umas poucas semanas depois, como se tivesse completado sua última tarefa na vida.

Meu filho foi me guiando pela casa. Essa é a área KIDS. Tem um balanço e até um video game. Aqui do lado coloquei um fliperama e um sofá para as visitas descansarem. Aqui é a cozinha e ao lado fiz um banheiro. Olha que legal o chuveiro, nem precisa tirar a roupa para tomar banho. Tem uma janelona enorme ao lado da escada. Aqui no andar de cima, nesse corredor os pets podem tomar água. Aqui fiz um escritório para o seu trabalho, a mamãe vai fazer as reuniões dela naquela sala ali e eu vou ter as aulas no quarto mesmo. Aqui é o quarto de vocês. Tem uma geladeira que resolvi colocar, desse jeito amarelo, e mais um banco de madeira. Tem também essas camas e dois quadros na parede, eu só não escolhi direito a cor do chão, que pode ser azul ou cinza ou nem nada. Nesse cômodo aqui é o seu lugar de recuperação do coronavírus. Tem um armarinho com as coisas, uma cadeira e a mesa, e a cama para deitar bem confortável e com silêncio. É tudo branco, pode ver com calma. Tem que ter paciência no coronavírus.

Quando desligamos eu estava bastante feliz. Para o passeio com meu filho ter sido melhor, só mesmo se eu tivesse conseguido enxergá-lo direito. No final, me esqueci da herpes e pedi para trocarmos a ligação de áudio para vídeo. Ele aceitou na hora. Quando apareceu, notei o contorno dos cabelos, as feições um pouco mais formadas, mas o conjunto do rosto ainda não me aparecia com clareza. Ele, por outro lado, estava me enxergando muito bem:

"O que é isso na sua boca?"

Minha mulher ouviu a pergunta e veio correndo.

"Você está com herpes. Acho que não tem importância." Ela continuava com a voz firme, ao contrário da minha. A pedra nos olhos estava lá, talvez um pouco mais esfarelada. Não sei dizer. Antes de se despedir, contou como estava organizando tudo. Como sempre, fez uma descrição completa.

Meu ministro da Saúde apareceu com o jantar. Perguntei se ele queria conhecê-la. Não deu certo. Nem sei se pode. Então me despedi da minha mulher. Quando me estendeu a bandeja, notei que, como todo mundo que trabalha no hospital, ele também tinha o ar tenso. Acabei, com isso, me sentindo mal por estar feliz. Decidi dormir mais cedo, para quem sabe continuar no sonho a brincadeira do meu filho.

Rato, faça do meu corpo obscuro o mundo, cave fundo, lave tudo com sua saliva nojenta. Acredita que um dia isso vai acabar e corra. "Poxa, nunca terá fim." Não escuta mais nada agora, rato porco. "Ouço tudo que você fala, corpo." Então continua, filho da puta. Se enxergue, escravo. Não me espere, rato, e corra. Roa o que vê pela frente. Ouça apenas o ruído repugnante de sua boca zunindo. "Você não pode me dar ordens." Posso, sim: corra, rato, você não é um pássaro. Então se convença: a conversa fica no meu corpo, essa superfície que te prende. Por onde esteve, você roeu e lambeu meu sangue.

Ande mais um pouco e continue até o fim. Já se aproveita do braço, rato? Depois as mãos. Compreenda, caro: você não é uma hiena. Seu ruído é baixo, eu me calo para contemplar o som dos dentes e o seu rabo nojento batendo no que resta dos meus órgãos. Ofereço-lhe os meus ódios, seus olhos me mostram a verdade que desejo o tempo inteiro. Está à beira do meu rosto, rato, será que me beija com todo o nojo que esse espetáculo repugnante causa?

Pela manhã, recebi uma foto do meu filho com um presente que tinha acabado de ganhar da minha irmã. Dava para perceber que ele estava sorrindo, embora sem a empolgação do dia anterior. Muito depois, vou saber que todo dia ele acordava irritado. Também parecia demonstrar, por algum motivo estranho, vergonha de ir à escola. Como se ver os professores e os colegas o fizesse se perguntar por que aquilo estava acontecendo só com ele. Ao longo do dia, acalmava-se.
Eu continuava sem conseguir distinguir o rosto dele. A covid retira de muitos doentes o olfato e o paladar. No caso, perdi a capacidade de enxergar o meu filho direito, o que me deixava cada vez mais incomodado. Cheguei a pensar se o hospital não teria serviço psicológico. Depois, achei frívolo, a UTI de novo estava lotada.
O processo de reconexão com o meu filho será longo e, de certa forma, acompanhará minha recuperação da covid. Na alta, a doutora Fernanda irá recomendar, após um intervalo de segurança, que eu procure um serviço de fisioterapia. O médico que me atendeu depois insistirá nisso. Quatro anos antes, por causa de um caso de bronquiolite, meu filho tinha feito algumas sessões com uma excelente profissional. Recuperei o contato dela.

No primeiro dia em que o médico garantia que eu não corria mais o risco de transmitir covid, marquei a sessão inicial. Quando contei que tinha resolvido voltar lá por causa do atendimento que meu filho recebera, Thais, a fisioterapeuta, logo se lembrou dele. "Sim, um menino supersossegado."

Enfim, meu filho não está tão tranquilo, mas ouvir isso me trouxe bastante alívio. Quando comecei as sessões de fisioterapia da minha recuperação pós-alta, o relacionamento com ele estava difícil.

Logo que saí do hospital, meu filho assumiu uma posição protetora. Ele prestava muita atenção ao horário dos remédios. Era uma porção de corticoide, que diminuiria a cada semana, e um protetor gástrico. Ele também lembrava que tinha chegado a hora de deitar na posição de prona. Quando eu ia tomar banho, ficava de guarda na porta. Ele chegou a ir até a sacada duas vezes para reclamar de um barulho qualquer na rua. "Meu pai tem que fazer repouso!", gritava.

Eu ainda não conseguia enxergar o rosto dele direito, o que continuava me causando bastante angústia. Decidi que, se não voltasse ao normal logo, eu procuraria a ajuda de um psicanalista. Essa estranha forma de cegueira estava atrapalhando minha recuperação.

Depois de uma semana quase sem me deixar atender ao telefone, ele teve uma mudança brusca de comportamento e começou a me agredir. Não consegui entender direito o que estava acontecendo. Era como se me achasse responsável pelo sofrimento pelo qual ele, a mãe e a avó tinham passado, sem falar no próprio pai. No caso, eu.

A situação estava de fato difícil, até que a fisioterapeuta me pediu para levá-lo a uma sessão. "Tenho saudade e o ambiente aqui é seguro." Ele aceitou bem satisfeito.

Logo que chegamos, o menino começou a imitar meus movimentos. Thais achou muita graça. Eu também pensei que se tratava de uma brincadeira até ver que ele estava mesmo se esforçando. Quando precisei corrigir um exercício, ele olhou atento e fez o mesmo. Aos poucos, tinha arrumado um cantinho no consultório e, sorrateiro, até pegou um pesinho, já que ouviu que hoje eu os usaria. A fisioterapeuta pediu que eu me concentrasse no famoso inspira e expira. O menino soltou o ar com força e olhamos para ele. Daquele momento em diante, seu rosto voltou ao normal para mim.

O resto não interessa ao leitor.

A fisioterapia pós-alta durou quase três meses. No início foram diversos exercícios para recuperar a massa muscular das pernas, que foram mastigadas pelo vírus. Vou me sentir muito cansado depois de cada sessão. As primeiras serão tão penosas que ficarei sentado em uma calçada pouco movimentada perto da clínica, para não chegar em casa daquele jeito. Aos poucos vou aguentar cada vez mais. Com um mês e meio, indo duas vezes por semana, já passarei meia hora pedalando sem que haja dor muscular forte. Minha saturação vai se manter alta o tempo todo. Depois, conseguirei reduzir as sessões para uma vez por semana, desde que volte a correr.

Foi o que fiz. No início, reproduzirei o treinamento descrito no romance *Divórcio*. Logo, aquilo começará a me aborrecer. Em 2011 eu não me sentia nada bem. Agora, estarei em uma fase boa, apesar da vergonha. Cheguei ao fim da recuperação da covid (ao menos a parte física) e me reaproximei do meu filho. Estaremos ligados como talvez nunca antes.

Quando a fisioterapeuta me der alta, com a recomendação para correr e prestar atenção aos meus pulmões, continuarei com as aulas de xadrez, que começarão ainda no hospital. Adiantei-me só para dizer que, pelo menos até a data em que eu fechar este romance, as únicas sequelas estarão na memória e na capacidade de raciocínio.

Na última sessão, Thais irá me contar do caso de um rapaz de vinte anos que morreu de covid sem ter nenhuma comorbidade. Ele tinha ficado alguns dias no hospital, e como todos nós, saiu ansioso por voltar à vida normal. Pegou o narguilé que usava desde os dezesseis anos. Foi encontrado caído no quarto na manhã seguinte.

"Essa doença é imprevisível, Ricardo. Sugiro que você faça um check-up a cada seis meses."

Quando nos despedimos, prometi lhe enviar este livro sem falta. Garanti que faria exames periódicos e não deixaria de correr. Eu estava conseguindo fazer quarenta minutos em ritmo lento, sem sentir nenhum mal-estar. Na rua, acabei de novo me sentindo confuso: eu vivi mesmo tudo isso? O que realmente aconteceu? Vou repetir essa pergunta ainda muitas vezes.

O mal-estar que sinto desde que deixei de reconhecer com clareza o rosto do meu filho foi se transformando. A alta do hospital e depois a fisioterapia não o aplacaram. Logo que voltei para casa, por exemplo, notei que a maioria dos vizinhos e alguns funcionários do prédio se afastavam de mim. Não estou falando do distanciamento social recomendado. Essa gente me via de longe e, na mesma hora, dava uma corridinha até me tirar da vista. Antes da internação, eu sempre conversava com os funcionários de um café perto de casa. Perguntavam dos livros, do Corinthians e de qualquer outra coisa.

Algumas semanas depois da alta, passei rapidinho pelo café. Eu não pretendia me sentar no salão, que já estava liberado para uso. Só queria um expresso. O silêncio foi completo. Um rapaz me atendeu visivelmente com asco. Virei uma pessoa radioativa.

Até hoje no prédio a maioria dos vizinhos faz a bendita corridinha ao me ver. Outro dia uma dona tropeçou e quase caiu. Fiz questão de rir, embora a máscara tenha abafado a gargalhada. O mal-estar não para por aí. Todo dia leio relatos de mortes causadas pelo coronavírus. Antes de me sentar aqui, revisar o fragmento anterior e começar este, vi o caso de uma empregada doméstica que morreu deixando uma filha de treze anos. Os patrões e seus dois filhos estavam doentes, mas pediram para ela continuar trabalhando, já que precisavam de ajuda com o apartamento. Afinal de contas, tudo tem que ficar bem limpinho. Prometeram que no fim da pandemia a registrariam. Todos os quatro tiveram casos leves. O primeiro óbito causado pela covid no Brasil, aliás, é parecido. O fato de poder escrever este livro também é dolorido para mim.

Ficou mais lento, rato? Espero que não. "Sou o mesmo, Ricardo, mas quero ter uma conversa." Que história é essa? Pretexto para um descanso? "Não, ando pensando se chegou a hora de abrir o jogo." Certo, então ouço o som asqueroso do seu chiado. "Logo, acabo com todo o seu corpo." É verdade, falta pouco. "Então, tenho uma proposta." Que honra, o rei da fossa me oferece algo! "Você me menospreza agora, mas me estimulou o tempo todo." Espera, foi mais do que isso: mostrei o caminho. "E eu segui a sua rota." Você obedeceu ao instinto. "Disso, você não reclama." Nunca duvidei do seu trabalho, rato. "Então, vai aceitar o meu pacto."

A fabricante de TCC me trouxe o café da manhã, fez uma pergunta qualquer de gramática, desconversou logo e me disse, em um tom de voz um pouco mais baixo, que vou ser transferido hoje para a semi-intensiva.

"Aí é um quarto grande, isolado e silencioso. Tem três vezes o tamanho daqui. Dá para escrever um livro inteiro."

Eu quis saber se ela achava que a alta ainda demoraria. Eu já estava percebendo que essa pergunta incomoda médicos e enfermeiros. Mesmo assim é impossível deixar de fazê-la.

A doutora Fernanda apareceu com o rosto um pouco mais leve. A notícia boa para um paciente compensa a ruim sobre outro e reduz um pouco o sofrimento quanto a um terceiro. Os médicos precisam criar inúmeros mecanismos de defesa, mas, se não estão sofrendo com a situação de seus pacientes, adoeceram.

"Seus exames estão ótimos. Não tem um que decepcione. Você reagiu muito bem ao protocolo. Acho que você pode ser transferido para o quarto. Parabéns. A covid é uma doença imprevisível, como você está cansado de ouvir, mas acho que no seu caso agora é só melhora. Vou falar com a sua mulher."

Respondi sorrindo, que é mais ou menos o que faço sempre que não sei o que falar. A doutora continuou me olhando, como se quisesse certificar-se de que eu não teria mesmo mais nenhuma dúvida.

Quando saiu, esperei algum tempo para ligar para a minha mulher. Eu queria que ela tivesse a notícia em primeira mão através da doutora. Isso consolidará a cumplicidade que as duas desenvolveram. Avisei meu amigo Leo, que comemorou com um grito engraçado. Ninguém é católico o tempo todo. Francisco, perdoa meu amigo. Depois, falei com minha mãe, que não entendeu muito bem.

Minha mulher então me mandou um recado de áudio no WhatsApp. Com a voz equilibrada, disse que sempre teve certeza da minha recuperação e que eu deveria ficar tranquilo nessa nova fase. "Estou cuidando de tudo." Combinamos uma ligação para um pouco mais tarde. Como mais uma vez os recados estavam aumentando muito, postei uma mensagem nas redes sociais avisando que agora não pioro mais. Uma figura imediatamente perguntou: "Como você pode garantir?".

Quem vai me transferir de quarto é a debochada fabricante de TCC. Recolho o livro que passou esses dias comigo e que não foi assunto aqui, as folhas, o celular e o carregador, e ela me ajuda a pular para a cadeira de rodas. Nesse momento a camisola se abre. Já me acostumei. As enfermeiras têm um senso de disfarce muito desenvolvido. Quando essas coisas acontecem, invariavelmente estão olhando para outro lado.
Perguntei o caminho.
"Um elevador e um monte de corredores."
Esperei subirmos. Fui bem para cima no hospital. Quando saímos, liguei para casa e meu filho atendeu. Ele nem me esperou falar:
"Você melhorou, papai?"
"Sim, agora vou para um quarto e não vai ter mais tanta coisa." Ele passou alguns instantes quieto e depois me surpreendeu outra vez:
"Então, não tem mais chance de você ser intubado?"
"Você sabe o que é ser intubado?"
"A pessoa toma remédio e parece que está dormindo. Aí colocam um cano pela boca dela até chegar ar no pulmão e nos outros lugares. É ruim e perigoso. Você não vai mais ser intubado?"

Não consegui responder imediatamente. De novo minha vista escureceu e percebi a superfície prateada e hiperpolida. Será que vou tossir? A fabricante de TCC estava empurrando a cadeira de rodas um pouco mais devagar.

"Não, não vou ser intubado. Agora não posso mais falar. Logo eu ligo de novo."

Saí da cadeira de rodas sozinho, dei três ou quatro passos e vi que já conseguia me manter em pé. Da porta, a fabricante de TCC acenou. Ela estava chorando. Mesmo assim, conseguiu falar:

"As crianças estão percebendo tudo. Não adianta esconder nada delas."

Não tossi.

O quarto era amplo, bem iluminado e arejado. Não fosse pela cama hospitalar médica e o aparelho para monitorar os sinais vitais, não haveria diferença para qualquer bom quarto de hotel. Enquanto eu ainda estava olhando o guarda-roupa e o sofá de acompanhantes, uma enfermeira abriu a porta, apresentou-se e me passou outro kit de higiene e um chinelo com o logotipo do hospital.

Na UTI, escovar os dentes era um problema. De início, achei impossível fazer isso depois de cada refeição já que, se o leitor estiver lembrado, eu não aguentava nem me mover direito. Quando por fim consegui, com ajuda dos enfermeiros, ir até o banheiro, qualquer esforço me tirava o fôlego e causava tontura. Eu aproveitava o banho para fazer a escovação, mas sempre de forma muito precária.

Resolvi que a primeira coisa a fazer na semi-intensiva era ir ao banheiro para escovar os dentes. Eu já caminhava relativamente bem, apesar do cansaço.

Antes ainda de abrir a porta, olhei-me no espelho pela primeira vez desde a internação (as imagens nos celulares não são desse tamanho e muito menos permitem essa nitidez) e senti um enorme choque: não sou eu. Só reconheci a herpes, que aumentou. Na mesma hora, a tontura voltou e fiquei com medo de cair. Apoiando-me na parede, descansei um pouco na privada. Quando recobrei a coragem, voltei e de fato encontrei, olhando-me com mais cuidado, outra pessoa. Não são os meus cabelos, esse não é o meu rosto e nenhuma dessas feições equivalem às minhas. Por um breve instante, tive a impressão de que algo se desdobrava no interior da minha cabeça, como se eu estivesse fazendo dois raciocínios ao mesmo tempo ou, quem sabe, alguma coisa tentasse fugir do que eu imaginava. Talvez isso seja mais preciso: duas imagens se descolando do mesmo raciocínio.

Senti a taquicardia e pensei em apertar o botão que, de dentro do banheiro, chamaria alguém da enfermagem. Resolvi que não: vou enfrentar sozinho. Então, mexi nos meus cabelos e repeti, sei lá por quê, o número do meu telefone celular e logo depois o da minha mulher. Por fim, ao controlar os batimentos cardíacos, escovei os dentes com bastante calma, olhando-me no espelho. Aos poucos, recuperei a consciência. Na cabeça, tentei lembrar que dia é hoje. O mês ainda deve ser abril. O hospital é esse aqui. Meu nome é Ricardo Lísias. Olhei-me novamente e aceitei uma parte do reflexo. Resolvi me revoltar contra a outra. Seja lá o que estiver acontecendo, algo é certo: perdi o controle do tempo. Infelizmente, ele tinha se tornado para mim linear, com o passado, depois o presente e por fim o futuro que virá. Nunca o aceitei dessa forma. Fechando a torneira, prometi que iria de novo revertê-lo.

Chamei a enfermeira e pedi para que ela medisse minha saturação. Fora da UTI, o sensor não fica mais na orelha o tempo todo: a oxigenação é observada agora entre alguns intervalos. Ela falou um número perto de cem e complementou: "A covid assusta mesmo, mas pode acreditar: o senhor está bem".

Chegou o pacote que minha mulher mandou assim que soube que eu estava deixando a UTI. Pude finalmente vestir uma cueca e uma bermuda por baixo da camisola. A enfermeira, porém, foi clara ao dizer que eu tinha que continuar urinando na garrafa de plástico, o tal de "papagaio", já que era preciso monitorar meus rins. Na sacola veio ainda o meu estojo e o segundo volume de *Em busca do tempo perdido*. Meu filho enviou o número 1 da coleção do *Capitão Cueca* e dois carrinhos da Hot Wheels, além do projeto que tinha feito da nossa casa no PKXD. Ele gosta de subir paredes e de vez em quando brinca de miniengenheiro.

Um médico muito simpático abriu uma frestinha da porta. Pela primeira vez ouvi alguém perguntando se podia entrar. Depois, parabenizou-me pelo progresso e checou as minhas pernas, atrás da trombose. Quando viu o livro do Proust na mesa a que agora eu tinha direito, sorriu orgulhoso e me contou que conhecia. "Li a série toda."

"Sabe que aqui acontece parecido", o médico disse, "com uma coisa que o Proust escreveu? Depois de algum tempo, os pacientes de covid falam de sintomas que eles não tiveram de verdade. É que ficam lendo as notícias e acabam confundindo. Não é que mintam, eles acreditam mesmo que sentiram isso e aquilo quando na verdade foi outra coisa. A gente tem que ter muito cuidado."

Quando saiu, fiquei pensando a que trechos ele possivelmente se referia. Achei dois ou três. Enquanto copiava um deles nas anotações, o médico voltou: "Desculpa, eu sei que temos essa informação em algum lugar, mas não encontro: qual o telefone de contato que você passou? Quero atualizar as boas notícias".

Passei então o número da minha esposa e resolvi dar uma olhada no celular. A editora Simone Paulino avisava que tinha me mandado um exemplar do primeiro volume dos diários da Virginia Woolf, e Raquel Menezes, também editora, havia encomendado, lá do Rio de Janeiro mesmo, uma caixa de chocolates. Ainda hoje receberei os dois pacotes.

Meia hora depois, minha mulher me ligou, meio constrangida:

"Você confundiu os números e passou para o médico o telefone da sua mãe no lugar do meu. Melhor corrigir isso."

O rosto que aparece no espelho não é o meu. É natural que eu tenha trocado os números de telefone. Só não posso deixar a coisa piorar, até porque a alta não está longe. Não quero que esse tipo de problema atrapalhe o resto.

Com isso, telefonei para o meu antigo professor de xadrez, o mestre Mauro de Souza. Desde a minha entrada nas competições oficiais, com exceção de algumas sessões avulsas com Silvio Pereira (marido da feminista Lola Aronovich, que aliás conheci nessa mesma época), ele foi meu único treinador.

Já não faço aulas há seis anos. Nesse tempo acompanhei apenas as principais partidas e joguei on-line. Também assisti a muitos vídeos do Rafael Leitão, nosso principal jogador atualmente. Tenho feito isso até no hospital.

Mauro não atendeu, o que me deixou apreensivo. Comecei então a criar um texto sobre xadrez nas folhas que o hospital tinha me dado. Até planejei uma brochura. Certamente vou desenvolvê-la quando me sentir mais à vontade com tudo isso. Meia hora depois, o telefone vibrou: é ele. Meu antigo professor soube da minha internação pelas redes sociais. Pediu desculpas por não ter escrito: "Nunca sei muito bem o que dizer nessas situações". Contei como tinha sido a vida no hospital até ali, melhorando bastante minha performance para tomar banho, escovar os dentes e fazer exercícios de fisioterapia. Por fim, falei da confusão do telefone.

"Acho que estou com alguns problemas de memória. Do mesmo jeito, estou com receio de não conseguir contar os tempos direito.* Não joguei desde que entrei no hospital. Não sei por fim como está minha capacidade de cálculo. Você não é psicólogo, claro, mas talvez me ajude a esclarecer se estou de fato com esses problemas ou se é imaginação minha."

Na UTI, há um certo torpor no ar, que se parece com medo cristalizado. É como se algo estivesse prestes a acontecer e precisássemos sair dali antes que haja um descongelamento. De vez em quando aparece uma inexplicável sensação de frio. O coronavírus pode atacar várias partes do corpo. Há uma decorrência, que chamam de covid de cauda longa, cujas sequelas se estendem por muito tempo.

Mauro respondeu que o ideal seria tentarmos jogar uma partida e depois comentarmos os lances. Vários sites permitem que dois jogadores se enfrentem a longa distância. Marcamos para as quinze horas do dia seguinte.

Conheci o Mauro em algum ponto do final dos anos 1980. A memória mais antiga que tenho é a de estarmos andando nas

---

* No xadrez isso quer dizer acertar a ordem dos lances para não prejudicar um determinado plano.

dependências do Clube Hebraica (pode ser o Pinheiros ou o Monte Líbano...) durante o campeonato paulista de xadrez. Ele ia bem e eu estava começando a desenvolver a habilidade que me tornaria um jogador amador muito forte a partir dos anos 1990. O que gravei daquele dia foi uma transmissão no sistema de som do clube: "Atenção proprietário do veículo *tal*, placa *tal e tal*, favor comparecer ao local onde seu carro foi estacionado, pois ele está pegando fogo". Achei a situação inusitada. O Mauro, por outro lado, estava tão concentrado no torneio que não deu muita bola.

Ele sempre gostou de literatura, o que facilitou a nossa amizade. Quando liguei para ele do hospital, por exemplo, Mauro estava lendo o que lhe faltava para completar a obra de Tolstói. É uma das pessoas mais cultas que conheço, embora não dê atenção para isso. Meu professor de xadrez adora conversar.

O ambiente do xadrez em São Paulo, antes do advento da internet, ocorria em boa parte no centro velho. Os jogadores acabavam as partidas e depois iam andar pelas boates da região. A última delas faliu outro dia, a Love Story. Também iam beber em lugares de fato perigosos, como os bares no entorno da praça da República, largo do Arouche etc., antes obviamente de eles terem se tornado reduto da juventude descolada. Por ali circulavam pequenos traficantes, prostitutas em fim de carreira (e de vida), gente interessada em explorar viciados de toda natureza e alguns tipos que haviam perdido a razão e não tinham família para apoiá-los. Nesse último caso, estão muitos dos emigrantes que vieram tentar alguma coisa em São Paulo e se foderam, o que não é incomum.

No início, eu não os acompanhava, até porque era muito novo. Acabava os torneios e ia tomar café ou sopa com o pessoal bem-comportado. Nesse caso, onze e meia da noite a gente precisava sair correndo para pegar o metrô. Entre eles está o professor de física da UniABC que virou fascista. Falei dele em um dos meus últimos livros, não lembro qual.

Um pouco antes de completar dezoito anos, passei a andar de madrugada nessa região, o que era desesperador para minha mãe. Além de um ou outro incidente, que jamais respingou em mim, nunca senti o menor perigo. Como eu pagava aulas e jogava muito bem, era protegido pela turma do Mauro. Boa parte já morreu. O xadrez carrega uma dose de decadência e brutalidade. Não é nada que o velho clichê dos meninos nerds e inteligentes espalha por aí.

Além dos livros, ele sempre teve um gosto pela didática — aqui somos bem diferentes. Quando explica com clareza alguma partida mais complexa e vê que o aluno compreendeu, não esconde o orgulho. Eu gostava muito da aula dele, talvez pela mistura de transgressão com cânone. Estranhamente achei isso no jogo de xadrez.

Quando fui fazer letras na Unicamp, interrompi as aulas. Não precisava mais. Eu já aprendera o que me interessava e tinha compreendido, até ali, o funcionamento do jogo. Fiquei portanto, entre 1995 e 2005, acompanhando apenas de longe o desenvolvimento do xadrez, encontrando Mauro algumas poucas vezes, e mais para falar dos meus livros. Quando, depois de uma peregrinação no exterior, voltei a morar em São Paulo, retomei as aulas. O jogo tinha se transformado. O surgimento da internet tornara tudo mais popular. A transmissão das informações era mais rápida também. Sem dizer da difusão do jogo nas escolas. Havia agora muitos amadores mais fortes que eu, portanto.

De volta a São Paulo, frequentei mais ou menos dez anos de aulas de xadrez. De 2015 em diante, fiquei apenas fazendo contato esporádico com o Mauro. Do hospital, por fim, telefonei para dizer que achava estar com alguns problemas de memória. "Do mesmo jeito, não sei se consigo contar os tempos direito e se perdi a capacidade de cálculo. Estou meio confuso e preciso de ajuda."

Sem sombra de dúvida, um rato não é a pomba da paz, está mais para filho da puta. "Jura, poeta, que só lhe resta agora agredir?" Antes assim, mas peço que se decida: já me chamou de artista, escritor, poeta. Só não erra mais porque está ocupado, caro rato. "O que de você ficará guardado, Ricardo?" Tudo. "Como é possível, estou roendo até o fundo." Bom trabalho, escravo. E como será sua partida, rato, a saída da sua pátria, do meu corpo? O que acha? "Quando você fala, agora, parece que mudou o gosto pelo meu faro." Acho que não, mas preciso esclarecer as coisas. "Ouça, artista, sou eu que faço a proposta, você escuta." Por mais confusa que seja a sua fala, a gente arrisca ouvir. "Quando o artista diz 'a gente', refere-se a mais quem? Você não escreve sozinho?" Se o senhor rato não está sendo cínico, deve saber que isto é um livro. "Eu sou um rato e você é um corpo largado em uma praça, ou na calçada, caiu em uma vala, perdeu-se na estrada." Certo, agora vá e fala. "Eu te ofereço quinze ou vinte anos a mais. Vamos combinar que não é pouco. E você me deixa aqui para sempre. Se aceita, termino o serviço, e passo para o próximo corpo, que já escolho: o que estiver mais perto." Me diga o seu nome, rato, mas seja honesto e não coloque palavras no meu texto. "Não mereço esse tratamento!" E quer que eu te trate como? "O demônio, quem sabe?" Compreenda, rato, a literatura está cheia de pacto com o diabo. O Mal a usa como se tivesse autonomia. Quem o cria, por outro lado, é o próprio artista. Se esconde seu artifício, o texto escrito é ainda mais cínico, insisto. E no caso, meu rato, estou cansado da sua sina de vitorioso. Por mais que eu o tenha inventado, agora cansei. "Espera, escritor, você me declara guerra?" Não seja patético, personagem, apenas explico que sua proposta fajuta só me ajuda a te mandar à puta que o pariu. Toda arte não vale essa realidade. "Você usa o que leu como uma fuga." É o que penso. "Creio que ainda seja cedo." Não, é tarde demais. "Se toda arte nada vale, você é o primeiro covarde, já que conhece o roteiro." Lá vem ela, a literatura: uma construção qualquer, uma voz invertida, palavras meio ausentes do mundo dos leitores, as imagens, os narradores, tudo sob controle. "Para onde vamos, todos os corpos agora são escombros? Vou roer ruínas?" Não, rato pretensioso, aqui é um livro. Lá fora é que estão os mortos. Chegou a hora de deixar bem claro: o pacto com o diabo é uma criação, portanto a desfaço. Adeus, desgraçado, você perdeu, eu o estraçalho, seu rato. Um abraço.

No final da primeira aula, Mauro disse que, só por aquela partida, não poderia tirar nenhuma conclusão. Eu estava um pouco mais fraco, só que não jogava seriamente fazia semanas. Não errei nenhuma vez a contagem dos tempos, mas talvez pudesse ter me lembrado melhor de alguns lances da abertura. Fugi precocemente da teoria. Ele sugeriu outra aula no dia seguinte, no mesmo horário. Aceitei com alguma ansiedade.

Logo depois a fisioterapeuta apareceu. Começamos alguns exercícios que consistiam em andar ao redor do quarto. Ela percebeu minha tensão: "Senhor Ricardo, pode ir mais devagar. Não é assim que o senhor vai se recuperar. Concentre-se na respiração".

Tentei me acalmar, mas o fracasso na partida tinha me deixado aborrecido. Eu não pensava em vencer, obviamente, mas queria ter ido melhor. Até a segunda partida, amanhã, farei outra sessão de fisioterapia, que será elogiada. O problema está em outro lugar.

 Depois de mais duas aulas, Mauro disse que não tinha achado nenhum erro nas minhas contagens de tempo. A questão é outra: eu visivelmente não estava conseguindo fazer planos direito e, mais grave ainda, não identificava com clareza os do adversário. Também tinha problemas para calcular alguns lances, o que não significava uma falha de memória. Minha dificuldade era de planejamento e concentração.

 Alguma coisa se soltou na minha cabeça. Escrevi isso nas minhas anotações e encerrei com a seguinte pergunta: seja lá o que for, será que está vagando por aí?

A pergunta que encerra o fragmento anterior pode sinalizar minha ansiedade pela alta. Quero correr atrás do que está lá fora. A sensação de imobilidade é desesperadora. Tenho a impressão de que ela precede, de uma forma ou de outra, a morte. Quando penso na minha avó que morreu com Alzheimer, é o que mais me assusta.

 No meu caso, não me refiro apenas à restrição de movimento. Nos dias em que senti a dor perfeita, fiquei paralisado, sem conseguir pensar em outra coisa. A cabeça também não sai do lugar. Talvez seja isso que eu quis dizer, alguns fragmentos atrás, quando citei a perda de controle do tempo. Dominá-lo significa inclusive poder pensar em outra coisa, além de saber que de repente posso deixar tudo isso para trás.

 Esse, porém, não me parece ser o significado principal da pergunta. "Seja lá o que for, está vagando por aí?" pode na verdade mostrar um estado de desagregação. Algo se partiu e, pior ainda, não sei exatamente o quê, e muito menos onde as partes estão. Uma delas aparece na frente do espelho. Não a reconheço. Não posso afirmar portanto se houve uma cisão ou algum tipo de substituição.

Os últimos dias de internação foram todos muito parecidos. Além das sessões de fisioterapia, em que eu me aplicava de forma exagerada e às vezes caricatural, passava no mínimo uma hora lendo na posição de prona. As visitas médicas eram cada vez mais rápidas e bem-humoradas. Todos elogiavam a minha condição e eu pedia, invariavelmente, a minha cervejinha. O último raio X do meu pulmão (devo ter feito uns quinze) foi animador: "Demorou um pouco, Ricardo, mas logo você vai para casa", a doutora Fernanda promete, tão satisfeita quanto eu. Perguntei para a enfermeira que estava vindo me atender se eu poderia ainda conversar com a fabricante de TCC e o ministro da Saúde. Ela prometeu procurá-los e depois não falou mais nada.

Não consegui resolver o problema da decomposição nesses últimos dias. Apenas me organizei usando as folhas que o hospital me deu. Encontrei aqui e ali certas partes da minha cabeça e refiz a possibilidade de, agora mais habilmente, controlar o tempo. Reconhecer a mim mesmo, no entanto, foi um processo mais custoso e que exigiu uma série de manobras, antes e depois da alta. Posso até revelar algumas: aceito ficar algum tempo com o rosto de outra pessoa e que ela tenha me levado algo, mas consegui identificá-la depois de pensar muito; posso ter sido derrotado e admito que não foi por pouco, só que o sequestrador não cumpriu rigorosamente as regras; se não me organizar de novo, prometi para mim mesmo, arranjarei outra disposição que me pareça adequada, mas algumas coisas não vou largar para trás. Caso o leitor não se importe, deixarei a revelação do que são essas coisas apenas para mim. Se der certo, quem sabe um dia as esclareça.

Por volta das dezessete horas eu brincava de PKXD com meu filho. Depois, conversávamos por chamada de vídeo por mais algum tempo. O fato de ver seu rosto embaçado ainda me incomodava, mas resolvi enfrentar. Aliás, essa é uma das "coisas" que listei no parágrafo anterior.

Minha mulher garantia que tudo continuava em ordem e se recusava a ocupar qualquer espaço de vítima. A propósito, foi daí que tirei outro dos artifícios para localizar as partes da minha cabeça que acabaram vagando por aí. Ela percebeu que não devia se decompor também, sob o risco de não conseguir me ajudar, e então se esforçou para fortalecer as próprias características. Como tudo o que fez durante a minha internação, deu certo.

A doutora Fernanda entrou com calma. Logo atrás, por algum motivo que não entendi, veio o leitor de Proust. Olhei para os dois e percebi que tinha chegado a hora de voltar para casa. Meu coração acelerou, mas nada que chamasse muita atenção. Não tive nenhuma ameaça de tosse. O resultado dos meus exames, como a equipe médica tinha previsto, melhorou ainda mais. Vou receber uma receita com alguns remédios. "É bom fazer repouso. Retorne com um especialista daqui a quinze dias. Antes, é melhor não sair de casa. Qualquer coisa, volte para cá. Não costuma acontecer, mas a covid é" comecei a rir e os dois médicos me acompanharam. A doutora agradeceu a minha tranquilidade. "Manda um abraço para a sua mulher." Tentei deixar de presente para o leitor do Proust os diários da Virginia Woolf e para a doutora o exemplar que eu estava relendo de *No caminho de Swann*. Eles não acharam seguro. "Manda esse livro que você vai escrever."

Quando a enfermeira abriu a porta para me perguntar se eu gostaria de comer alguma coisa antes de ir embora, pedi para tomar um banho. "O que eu quero mesmo é escovar os dentes." Ela disse que sim e me pediu para não ter pressa: "Nada de água muito quente, por favor. Vá devagar para ser o último banho aqui mesmo".

Foi meu filho que atendeu a ligação. Avisei que ele e a mãe precisavam vir me buscar. O menino deu um pulo no sofá, explicou-me que minha mulher estava no chuveiro. A coincidência boba me agradou. Depois, falou que iria contar para todo mundo. Antes de desligar, escalou as paredes do corredor para comemorar.

Minha mulher e meu filho não demoraram. Percebi que a enfermeira estava atrasando minha alta. Ela teria que basicamente me levar até o fim do corredor e cortar uma pulseira de papel que continuava no meu pulso. Comecei a ficar com medo de que estivessem preparando aquelas homenagens, com um monte de médicos e enfermeiros no corredor aplaudindo. Eu ficaria constrangido e, além disso, em momento algum fui sedado.

Por fim ela voltou e me levou até onde meu filho estava pulando em um sofá. Minha mulher me olhou e deu risada, que ficou ainda maior quando o menino disse que meu cabelo estava horrível. "Mas eu acabei de lavar!" Não havia pedra nenhuma nos olhos dela.

A enfermeira me disse que iria conosco até a calçada. Fiz uma chamada de vídeo para minha mãe e, através do celular da minha mulher, meu filho ligou para o Leo. Assim, saímos os cinco juntos do hospital, comemorando discretamente.

Já na calçada, a enfermeira cortou a pulseira e me desejou melhoras. "Vou ler seus livros", me disse. Então, entendi o motivo do atraso na liberação da minha saída: o ministro da Saúde e a fabricante de TCC estavam na porta também. Ele me deu um abraço leve e rápido e me estendeu de presente duas garrafinhas de cerveja sem álcool. Ela ofereceu o punho e alguns cartões para o caso de eu conhecer alguém que queira comprar um trabalho de faculdade na área da saúde. Todos rimos e ela fez aquela careta de quem chora e ao mesmo tempo dá uma gargalhada.

No caminho de volta, meu filho ficou calado, olhando para a frente. Quase em casa, perguntou algo que prefiro guardar para mim. Minha mulher abriu o forno para me mostrar o que tinha preparado, resolveu servir uma das cervejas sem álcool e perguntou o que eu achava que a gente tinha vivido.

"História", respondi. Minha voz também tinha voltado ao normal.

"E agora?"

"Acho que a gente precisa descobrir o que fazer."

ESTA OBRA FOI COMPOSTA PELA ABREU'S SYSTEM EM ADOBE GARAMOND
E IMPRESSA EM OFSETE PELA LIS GRÁFICA SOBRE PAPEL PÓLEN BOLD DA
SUZANO S.A. PARA A EDITORA SCHWARCZ EM ABRIL DE 2022

A marca FSC® é a garantia de que a madeira utilizada na fabricação do papel deste livro provém de florestas que foram gerenciadas de maneira ambientalmente correta, socialmente justa e economicamente viável, além de outras fontes de origem controlada.